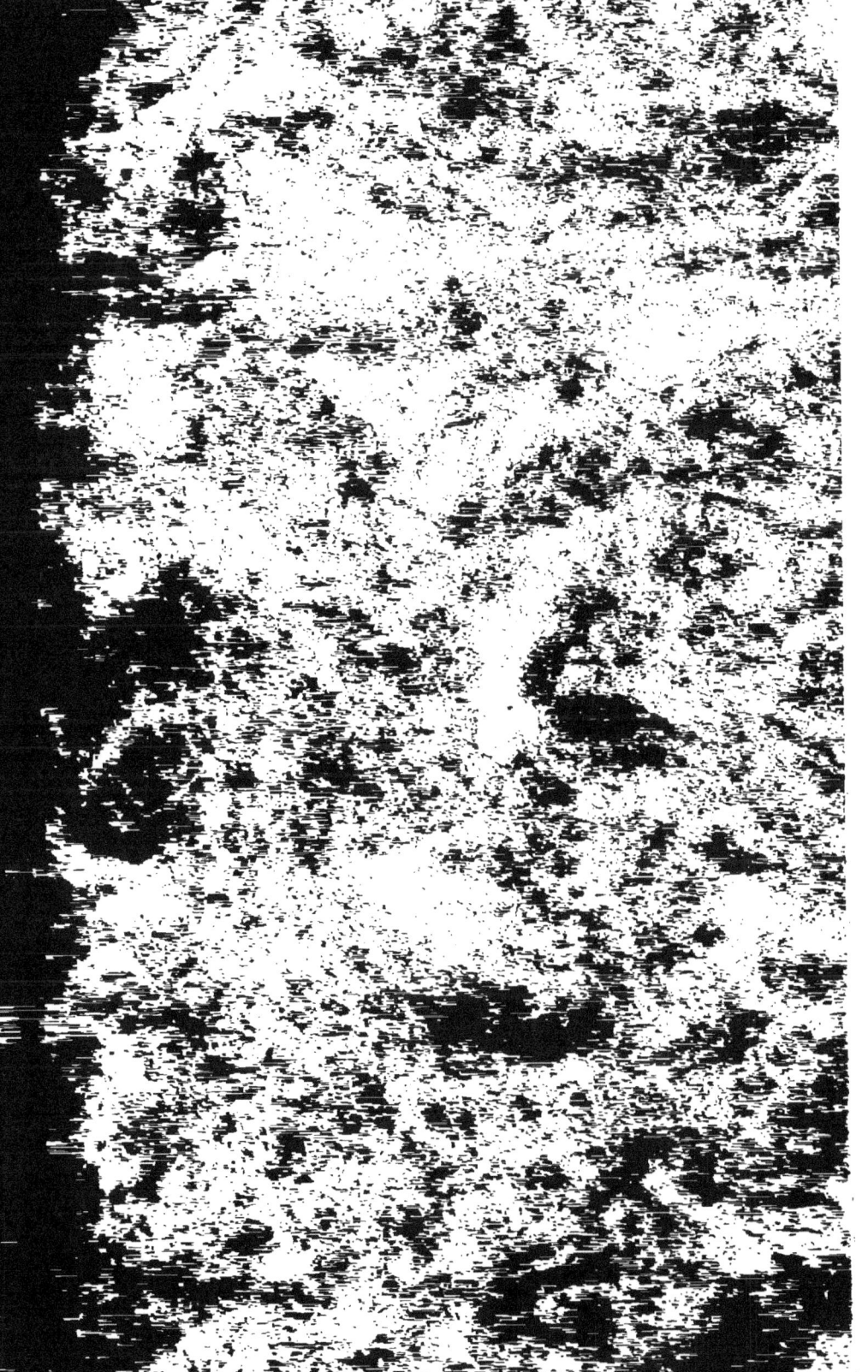

CAMILLE ALBANY

AU

AYS DES CIGALES

NOUVELLES ET CONTES

PRÉCÉDÉS D'UNE

Lettre - Préface par Émile Zola

1465

PARIS

LIBRAIRIE DES BIBLIOPHILES

Rue Saint-Honoré, 338

M DCCC LXXVI

AU

PAYS DES CIGALES

DU MÊME AUTEUR :

Les Baisers du Roi, comédie en un acte.

En collaboration :

L'Enfant des Halles, à-propos en vers
pour l'anniversaire de la naissance de
Molière.

Une Cure d'Arlequin, comédie en un
acte et en vers.

En préparation :

Laurence Clarys, roman contemporain.

CAMILLE ALLARY

AU

PAYS DES CIGALES

NOUVELLES ET CONTES

PRÉCÉDÉS D'UNE

Lettre - Préface par Émile Zola

PARIS

Rue Saint-Honoré, 338

—

M DCCC LXXVI

A MA MÈRE

Les Lilas, 4 *juin* 1876.

LETTRE-PRÉFACE

MON CHER CONFRÈRE,

Vous m'envoyez de votre beau pays de lumière un livre tout parfumé de thym et de lavande, et vous me priez de lui souhaiter la bienvenue dans notre Paris noir de pluie, où les roses de mai, cette année, n'ont pu fleurir, brûlées par les vents et les gelées.

Oui, qu'il soit le bienvenu. Il m'apporte, à moi, ma jeunesse déjà lointaine, les cours du collége d'Aix, que je revois souvent en fermant les yeux, avec leurs gros platanes, leurs vols de moineaux, la terre dure où

a.

*l'hiver nous battions la semelle, le bassin
dans lequel nous pataugions l'été; il m'apporte mon adolescence, nos grandes courses
jusqu'à Sainte-Victoire et au Pilon du Roi,
nos premiers vers écrits sous les ombrages
des Pinchinats, nos premières amours, le
soir, sous les fenêtres des demoiselles,
auxquelles nous donnions des sérénades,
comme dans Byron et dans Musset.*

*Quand je les ai lus, ces nouvelles et ces
contes dorés par le soleil de Provence, il
m'a semblé que je redevenais tout petit pour
me remettre à grandir. J'avais cet atten-
drissement des vieilles lettres d'amour re-
trouvées au fond d'un tiroir. Savez-vous
quel rêve je faisais? Je me voyais au bord
de l'Arc, dans un trou de feuilles que je connais bien. Il y a vingt ans que je ne suis
allé m'asseoir sur cette berge; mais elle
est restée pour moi avec son printemps
éternel, son bouquet de saules, son eau*

blanche argentant les cailloux, ses terres rouges, en face, allant jusqu'à l'horizon bleu, toutes flambantes de l'incendie de midi. J'étais là, votre livre évoquait ce coin de mystère, où j'ai laissé mon cœur.

Et je vous souhaite aussi la bienvenue au nom de notre grand Paris entier, où vous arrivez avec la belle saison tardive, un peu après les hirondelles, un peu avant les roses. Il n'est pas besoin d'avoir laissé son cœur en Provence pour rire et pour pleurer avec vous. Quand le soleil vient, les bras se tendent, on lui ouvre sa demeure, sans l'avoir connu à son berceau; et c'est le soleil que vous apportez à tous, la jeunesse vaillante, l'enthousiasme et la foi, les premiers récits d'un poëte qui sont comme les premières tendresses d'un amant. Soyez sans crainte, les livres les plus chers sont les livres de la vingtième année. Le vôtre a déjà pour lui les femmes qui aiment, les jeunes gens qui espèrent et les vieillards qui se souviennent.

Je ne veux point ici faire œuvre de critique et vous louer en argumentant sur votre talent. Ce rôle de pédant, au milieu de vos fleurs, me paraîtrait bien lourd. Non, je tiens seulement à vous dire toute mon émotion, le charme sous lequel vous m'avez tenu. Imaginez que je sois allé vous voir, près de Marseille, aux Aygalades ou à Montredon, dans un petit jardin rafraîchi par les brises de mer. Je suis un passant, un invité, un ami émerveillé de vous entendre; et jusqu'au soir nous causons, et je m'en vais, en emportant votre chant de cigale adouci, pareil dans la nuit tiède à un chant de flûte.

D'abord, ce sont vos souvenirs d'enfant, votre oncle, l'abbé de Saint-Chamas, chez lequel vous avez passé une nuit si terrible, en l'écoutant ronfler; ce sont vos souvenirs

*de collége, le pion Taddeï, le petit Parisien,
un fils de la maîtresse du sous-préfet, que
les maîtres saluaient très-bas; le nouveau,
un enfant tendre et farouche, qui restait
immobile, à l'étude, avec le regret du
grand air et de la liberté dans les yeux.
Ce sont encore vos trois journées passées
près de votre sœur Thérèse, à sa naissance, à son premier rire de gamine, à sa
mort de pauvre ange innocent. Contes légers, sans dénoûment, d'une impression
exquise d'histoires qui commencent et qui
ne sauraient finir. C'est la vie elle-même,
le sanglot d'une minute, le sourire d'une
seconde, un brin de chèvrefeuille cueilli,
respiré et jeté, ce qu'on rêve en regardant les nuages du ciel s'envoler et passer
comme des migrations d'oiseaux de neige.
Rien ne peut être plus délicat comme art,
ni plus ému comme sentiment.*

Ensuite, vous avez grandi, vous menez

Margot à Roquefavour. Ah! la tendre
journée! le train qui vous emporte, la fête
qui déroule des danses sur l'herbe, le coin
de solitude où vous finissez par aller vous
baiser sur les lèvres, doucement, de peur
d'effaroucher les oiseaux! Et cela, avec
votre grand soleil sur la tête, les pins qui
jouent autour de vous leurs mélodies
d'orgues, leur musique grave, ralentie et
filée en notes pures d'harmonica. Toute la
jeunesse est là, dans les violettes que
Margot a cueillies et que vous avez gar-
dées entre les feuillets d'un livre. Il vous
a suffi d'aimer pour être un poëte et pour
écrire en quelques pages l'adorable poëme
du premier amour, qui enchante le monde
depuis six mille ans.

Puis, la fantaisie arrive, vous inventez
la vie de tendresse et la mort navrante
d'une hirondelle. Vous contez la légende
des trois larmes de Marthe, donnant ses

larmes à son fils Benezet, et mourant un peu à chaque perle qui lui tombe des yeux. Vous nous dites encore l'histoire de Vidal, l'enragé tambourinaïre de Cassis, l'agonie d'une bohémienne entourée de sa tribu, jusqu'aux amours romaines du jeune My-ron et de l'hétaïre Archenassa. C'est ici l'écrivain qui se dégage de l'homme, le poëte donnant son coup d'aile. Il y a bien de l'imagination et bien du style dans ces contes, que vous avez dû porter longtemps et ciseler avec un soin jaloux.

Enfin, l'âpreté de la vie est venue, et vous vous êtes risqué hors des fleurs. Votre Bo-niface, ce chat voluptueux qui s'engraisse en attendant les nuits d'amour, et qui re-vient maigre et crotté, après des orgies sur les toits, n'est-ce pas toute la luxure humaine, faisant le gros dos et laissant de sa graisse dans chaque boudoir? Un jour, on trouve Boniface crevé, jeté au tas

d'ordures, le ventre ouvert et grouillant
d'un vol de mouches. Voilà la fin com-
mune, la boue du ruisseau, où s'en vont la
virilité des amants et la beauté des amantes.
Leçon terrible et qui fait songer, trou
que vous avez creusé au bout de votre allée
fleurie, comme pour nous rappeler que la
terre est là, que la réalité est là, à récla-
mer nos rêves.

Un naturaliste, un réaliste, — le gros
mot est lâché,—me semble grandir en vous.
N'est-ce pas, le livre d'aujourd'hui est une
poignée de fleurs que vous donnez au public,
pour le fêter? Mais la maturité du talent
s'annonce déjà, et vous allez maintenant
cueillir des fruits, dans cette Provence aux
fruits d'or, empourprée de ses oranges et
de ses grenades. On devine jusque dans votre
grâce une force, une puissance qui s'affir-
ment. Vous êtes un observateur et un pein-
tre. Vous avez les nerfs d'un sensitif, ce qui

est le don par excellence, en ces temps d'a-
nalyse exacte et colorée. Demain, il faut
quitter le conte pour le roman et apporter
votre page, votre document, à l'universelle
enquête que notre génération fait sur
l'homme et sur le monde.

J'ai gardé une critique. Dans un de vos
contes, LE MAL DU PAYS, vous racontez vos
impressions de tristesse et de décourage-
ment, un jour d'hiver, à Paris, au fond
d'une chambre sombre. Ah! ne dites pas
du mal de notre grand Paris, où l'on se
bat, où l'on triomphe! Sans doute, les enfants du soleil, venus comme vous des bords
de la mer bleue, y pleurent, y tendent les
bras vers la patrie absente. Les brouillards
de la Seine les étouffent; ils revoient là-
bas des coins aimés et ensoleillés qui les
appellent, et ils partent souvent, ils fuient
avec des sanglots de femme. Mais, quand
ils ont le courage de rester, ils s'aguerris-

sent et deviennent des hommes. Si Paris
n'a pas le soleil, il a la gloire, qui éclaire
et qui brûle, elle aussi. Mes tendresses
d'adolescent sont restées où je vous ai dit,
dans ce trou de verdure, près de l'Arc;
mes amours d'homme sont ici, dans nos
rues boueuses, sur nos trottoirs où la foule
se heurte, en pleine lutte. Et vous êtes de
reins assez forts, quoique bien jeune, vous
devez aimer Paris pour son champ de bataille, rester debout sous le ciel menaçant,
après avoir envoyé à la Provence vos baisers d'adieu.

Écoutez cette dernière parole. Le grand
Paris vous lira, le grand Paris vous ap-
plaudira, et vous aimerez le grand Paris.

Toutes mes amitiés.

ÉMILE ZOLA.

Paris, 28 mai 1876.

AU

PAYS DES CIGALES

MON ONCLE L'ABBÉ

« Es-tu bien assis, là?

— Oui, mon oncle.

— Tu n'as pas froid, au moins?

— Oh! non, mon oncle.

— En ce cas, puisque nous voilà arrivés
à la montée, tandis que je garnirai ma pipe,
tu vas tenir les guides... Veux-tu? »

C'est ainsi que nous causions, mon oncle
l'abbé et moi. un soir de septembre, un peu

avant la fin des vacances. Mon oncle —
quoiqu'il eût le défaut de fumer la·pipe —
était, à l'époque, curé de Saint-Chamas.
Comme le moment de la rentrée des classes
approchait, il avait écrit à mon père qu'a-
vant mon départ pour le lycée de Marseille,
où je devais aller commencer mes études,
il viendrait, avec sa voiture, me prendre à
la campagne qu'habitait ma famille, et
m'emmènerait passer deux semaines dans
son presbytère.

Je venais d'atteindre ma huitième année,
et l'idée de quitter la maison paternelle, le
petit voyage que j'entreprenais en compagnie de mon oncle, me causaient un si vif
plaisir que, même aujourd'hui, j'ai encore
présents à l'esprit les moindres détails de
cette pérégrination.

La journée avait été très-chaude. Le soleil, qui, en se couchant, s'enveloppait dans
son manteau de pourpre frangé d'or, jetait

des roses sur les collines du bord de l'étang ;
des souffles tièdes faisaient frissonner les
feuilles des mûriers ; des vols de martinets
passaient au-dessus de nos têtes en poussant de petits cris joyeux. Au milieu du
silence des champs, dans le loin, on entendait tinter les clochettes des troupeaux qui
allaient passer la nuit à la belle étoile. Des
paysannes revenant de la journée se retour-
naient pour nous saluer. Plus loin, c'était
un vieillard coiffé d'un bonnet blanc, monté
sur son âne, une jambe de çà, une jambe
de là, la bêche pendue au cou de la bête. Il
s'écartait un peu afin de nous livrer passage, nous disait bonsoir de la main, puis,
avec un : « Hue ! dia ! » mélancolique, repre-
nait le cours un instant interrompu de sa
méditation.

A quelques kilomètres de là, nous croi-
sâmes une carriole de bohémiens. Deux
gros chiens dont les langues baveuses tou-

chaient presque le sol la traînaient. La famille entière suivait à pied. Étendu sur la
charrette, un vieux qui portait une longue
barbe blanche roulait des cigarettes entre
ses doigts jaunis. Un bambin, vêtu seulement d'une chemise, venait derrière, courant les pieds nus dans la poussière de la
route, fouettant le roseau qu'il avait en-
fourché et qui lui servait de monture.

———

Il faisait tout à fait nuit lorsque nous
arrivâmes à Saint-Chamas. A l'entrée de la
ville, le cabriolet s'arrêta devant une petite
maison de chétive apparence, sur la porte
de laquelle une belle vigne étendait ses
bras chargés de grappes d'or et de pampres
verts. C'était la cure.

Magdeleine, la vieille domestique du
curé, qui, debout sur le seuil, nous atten-

dait depuis un moment, un falot à la main, vint au-devant de nous. Peu après, le cheval était dételé, et le cabriolet avait repris sa place sous le hangar.

A huit heures nous nous mîmes à table. Le souper fut servi dans le salon du rez-de-chaussée.

C'était une pièce carrée dont les murs, crépis à la chaux, étaient recouverts, jusqu'à moitié de leur hauteur, d'un lambris de chêne. Les fenêtres, garnies de petits rideaux de mousseline, donnaient sur le jardin. Un harmonium, six chaises et un canapé recouverts en reps jaune en formaient l'ameublement. La table, ronde et pliante, avait sa place au milieu. Un christ sculpté dans un tronc d'arbre, trois lithographies religieuses et un canevas sur lequel étaient brodées les lettres de l'alphabet avec cette mention : *A mon frère,* pendaient accrochés aux murs. Une pendule

qui emplissait toute la maison de son tic-
tac monotone reposait dans un coin.

Le souper fut silencieux. Tandis que
mon oncle, la serviette autour du cou, la
bouche pleine, faisait honneur à la méthode
culinaire de Magdeleine, et que cette dernière allait et venait dans le salon, tantôt
pour emporter les assiettes sales, tantôt
pour servir le dessert, je me sentais envahi
par je ne sais quelle vague tristesse. La nuit
me faisait peur; la cure me paraissait plus
froide et plus silencieuse qu'un tombeau.
Cette solitude pesait sur moi comme un
vêtement de plomb. Je songeais à la maison
paternelle, toujours pleine de bonheur et
d'éclats de rire; à ma mère, qui depuis ma
naissance m'avait entouré de cette tendresse, de cet amour qu'on n'apprécie que
lorsqu'on en est éloigné, et pour la première fois je souffris de vivre loin d'elle.

« Maintenant, allons nous coucher, » me

dit mon oncle en se levant de table, après avoir secoué les cendres de sa dernière pipe.

Il prit la lampe, et nous montâmes au premier, car Magdeleine, qui était peut-être douée d'une grande acuité de perception, avait dressé mon lit dans la chambre même du curé.

Je dis mes prières. Quand j'eus fini, je me déshabillai comme par enchantement. En un clin d'œil je fus blotti dans mon lit.

Pendant ce temps, mon oncle, agenouillé sur un tapis, priait. De ma place, je n'avais qu'à dresser la tête pour lui voir faire le signe de la croix, et j'entendais les phrases latines tomber une à une de ses lèvres charnues. Puis, il se leva, vint m'embrasser, se défit de sa soutane, de sa culotte noire, et se coucha.

« Bonne nuit, petit, » fit-il ensuite.

Et il éteignit la lampe.

Au bout d'un quart d'heure il dormait à poings fermés.

— ——

Mais j'ignorais qu'une fois endormi, l'abbé avait le sommeil profond, et qu'il y avait un signe des plus bruyants auquel on pouvait reconnaître qu'il était dans la plénitude de son repos... Le curé de Saint-Chamas ronflait, et ronflait plus fort que le serpent de sa paroisse !

J'eus beau me tourner et me retourner dans mon lit, il me fut impossible de fermer l'œil. L'abbé continuait vaillamment son somme, et les ronflements longs et harmonieux, qui passaient sans transition de la note aiguë à la note grave, allaient toujours leur train. C'est alors que mon imagination d'enfant battit la campagne ! L'obscurité qui régnait dans la chambre augmentait

mes craintes. La peur m'étreignait à la
gorge. Un rayon de lune d'un blanc livide tombait sur le parquet, et métamor-
phosait les longs rideaux de la fenêtre en
fantômes que je croyais voir marcher.
Pour comble de disgrâce, la pendule fit
entendre sa sonnerie endiablée, et le cheval,
qui, au-dessous de moi, dans l'écurie, se
disposait sans doute à suivre l'exemple de
son maître, vint augmenter le tapage en
frappant à grands coups de pied les cailloux que recouvrait la paille de sa litière.

Je vous demande si la nuit me parut
longue! J'attendais le jour avec impatience;
les minutes me semblaient des siècles.
J'entendis sonner toutes les heures, et à
chaque lent et solennel battement de la
sonnerie je tressaillais. Effrayé par les ronflements de mon oncle, je restais la tête
perdue sous les couvertures du lit, écoutant
le moindre bruit, retenant ma respiration,

frissonnant des aboiements lugubres qui partaient des fermes éloignées.

Enfin, à ma grande joie, l'aube montra son visage riant derrière les vitres. Je sautai à bas de mon lit et commençai à me vêtir. Le bruit que je fis en me chaussant éveilla le curé, qui jusque-là n'avait pas interrompu son somme.

« As-tu bien dormi? » fit-il dans un long bâillement qui laissa voir ses dents blanches.

Un peu pour ne pas inquiéter le brave homme, et beaucoup afin de cacher ma poltronnerie, je répondis affirmativement.

L'abbé s'habilla. Lorsqu'il fut prêt, nous descendîmes ensemble au salon. Là, il m'apprit qu'il me quittait pour quelques minutes. Il allait dire sa messe, et devait être bientôt de retour. Magdeleine vint servir mon déjeuner, qui se composait d'une tasse de lait et de trois tranches de pain rôties. Le tout fut prestement dévoré, car mon estomac se souvenait du maigre repas que j'avais fait la veille au soir.

Comme mon oncle n'arrivait pas, je sortis de la maison, et j'allai sans but, rêveur, inquiet sans savoir pourquoi, jusque sous le portail placé à l'entrée du jardin. Le temps était superbe. Le soleil faisait étinceler comme des armures les blanches murailles des habitations voisines, et l'antique pont Flavien découpait sur le bleu pâle du ciel la courbe gracieuse de son arche surmontée de lions au repos.

En face de moi, de l'autre côté de la route, était une espèce de chalet sur la porte duquel s'étalait une enseigne prétentieuse portant cette inscription : BUREAU DES DILIGENCES, et plus bas : VOITURES POUR SALON, LA FARE ET AIX.

Ces derniers mots produisirent sur moi l'effet du *Mané, Técel, Pharès,* dont parle

l'Écriture. Je ne les eus pas plutôt lus que
la maison paternelle, avec ses volets verts,
sa grande allée de platanes séculaires, se
dressa devant moi. Je revis comme dans
une atmosphère lumineuse le pigeonnier
inondé de soleil, les ruches des abeilles
rangées derrière, à l'abri, près du pan de
mur, et le chien qui parfois prenait part à
mes jeux. Aussitôt, ma nuit blanche, les
ronflements du curé, le tic-tac de la pendule, les coups de pied du cheval, me re-
vinrent à la mémoire; et, effrayé par la per-
spective d'autres nuits semblables, je conçus
immédiatement le projet de dire adieu à la
cure sans prévenir le curé.

Juste à ce moment, des garçons d'écurie
attelaient les chevaux à la patache jaune
qui faisait le service d'Aix. Je m'approchai
du bureau.

« A quelle heure part la voiture d'Aix?
dis-je au conducteur.

— Dans cinq minutes, » répondit-il après m'avoir rendu mon salut.

Je payai ma place et montai dans la diligence, en priant le postillon de vouloir bien me quitter, un peu après La Fare, devant une ferme que je devais lui désigner.

Deux heures après, j'étais arrivé à la maison. Mes parents furent très-étonnés de mon brusque retour. Ils me firent tant de questions que je fus obligé de leur apprendre ce qui s'était passé. Mon père rit beaucoup de mon escapade. Il écrivit immédiatement au curé afin de le tranquilliser, en le prévenant que j'étais près de lui. Le soir même, le fils de notre métayer revenait de Saint-Chamas après avoir remis la lettre entre les mains de celui à qui elle était adressée.

2

Bien des années se sont écoulées depuis. Pourtant, après certains jours de travail, lorsque la fatigue ou la fièvre me mettent dans la nécessité de veiller, dans le silence de la nuit, il m'arrive d'entendre résonner à mon oreille les énergiques ronflements de mon oncle l'abbé. Ils semblent revenir du fond du passé pour me ramener à cette heureuse époque où, tout petit, malgré les réprimandes de ma mère, je traversais les *gours* de l'Arc à la nage, pour aller, de l'autre côté de l'eau, chercher des nids de linottes dans les haies d'aubépine en fleurs.

L'AME ENVOLÉE

—

A Gustave Devaux.

————

Ce matin, de très-bonne heure, une grande clameur m'a réveillé. Mon village était mis en émoi par l'arrivée d'une cara-vane de bohémiens espagnols. La gendar-merie les traquait de ville en ville. De guerre lasse, ils sont venus se réfugier dans ce hameau paisible, perdu au milieu des montagnes. Il y avait une dizaine de voi-tures chargées d'un bric-à-brac sordide. Les enfants du pays, toute une ribambelle d'enfants curieux et hâbleurs, marchaient derrière.

Les bohémiens sont campés au-dessus du village, tout près du cimetière vieux. Ils sont vêtus de guenilles aux couleurs éclatantes. De ma fenêtre, je vois des profils superbes se dessiner sur le mur croulant, au-dessus duquel apparaissent les cimes des cyprès funèbres et les fûts blancs des pierres tombales.

Cette après-midi, je suis allé visiter le campement. Il se compose de treize tentes dressées en forme de triangle. Celle du chef est au centre; les autres se groupent autour Quelques rosses étiques, attachées aux roues des voitures, broutaient avec un appétit féroce la paille qui était mélangée à leur crottin. J'ai compté vingt hommes. Les femmes étaient en nombre à peu près égal. Il y en avait de très-vieilles; j'en ai rencontré une, pliée en deux, au visage parcheminé sillonné de larges rides, qui se tenait debout avec peine. Appuyée sur un bâton noueux, ses rares cheveux gris secoués par le vent, les pieds nus, elle allait de tente en tente, demandant avec des gestes pleins de supplication de l'eau pour remplir la marmite de fer qu'elle portait sous l'aisselle. On eût dit une sorcière des ballades allemandes se rendant au sabbat.

Les jeunes filles sont robustes. J'en ai vu de merveilleusement belles. Elles ont les yeux clairs et profonds des Orientales. Le soleil a roussi leur peau, sous laquelle se distingue pourtant le réseau foncé des veines. Elles se drapent avec coquetterie dans les pans de vieux rideaux à ramages coloriés. Des pendeloques de corail et de coquillages se balancent à leurs oreilles; des pièces de monnaie trouées et reliées par un fil de métal s'enroulent autour du cou comme un collier. Un mouchoir en-

toure la tête et retient la masse sombre des
cheveux; deux longues tresses, ornées à
leur extrémité de faveurs roses ou bleues,
pendent derrière le dos.

Les hommes sont grands et nerveux.
Leur chevelure huileuse n'a jamais été
taillée; une barbe fine couvre le visage. Ils
vont en manches de chemise et portent
des bottes éculées qui montent jusqu'aux
genoux. Le chef est un beau vieillard, aux
traits rudement accentués, à la barbe blanche, touffue comme celle des dieux égyp-
tiens. Il rappelle au souvenir le Frédéric
Barberousse des *Burgraves*. Dès qu'il parle,
les bohémiens se taisent respectueusement.
Quand il veut faire exécuter un ordre, il
siffle d'une certaine façon. A ce signal, des
extrémités du campement la troupe entière
accourt en hâte.

Ces gens-là vivent dans la saleté avec une morgue insouciante qui fait rêver. Des odeurs grasses, des senteurs de vermine qui soulèvent le cœur, sortaient de ces tentes puantes, où les paillots, les matelas, les casseroles, les selles, les enfants nouveau-nés, pêle-mêle, étaient entassés. Des haillons poisseux, des couvertures moisies, des paillasses que l'urée avait jaunies, étendues sur le gazon, séchaient au soleil. Près de moi, une jeune femme, assise sur un chaudron, donnait le sein — un sein noir et allongé comme une mamelle de chèvre — à un enfant de trois mois. Pendant que le poupon tetait le lait tiède qui sortait de cette poche charnue, la mère, très-grave, écrasait entre ses doigts les poux qui couraient sur le crâne de cette petite créature, entre les boucles soyeuses de ses cheveux.

Les enfants de ces sauvages sont presque tout nus. Ce n'est guère qu'à sept ans qu'ils

commencent à faire usage des défroques
paternelles. Lorsque je suis entré dans le
camp, toute cette marmaille s'est abattue à
mes côtés. Les petites mains crasseuses se
tendaient vers moi, et les bouches, rouges
comme des fleurs de grenadier, criaient sur
des tons différents : « Mozieu !... Mozieu !...
oun peu dé tabac; ze prierai le bon Diou
pour vous. » Puis ils se sont mis à jouer
dans l'herbe, autour du camp. Les plus
âgés fumaient de grosses pipes dont les noix
chaudes venaient heurter, près du nombril,
la peau jaune de leur ventre luisant et re-
bondi. Plusieurs femmes vaquaient aux
soins du ménage. Un peu plus loin, ac-
croupies sur le sol, quelques-unes de leurs
compagnes disaient, moyennant une pièce
de deux sous, la bonne aventure à de
naïves paysannes. Elles leur prenaient les
mains, les regardaient un instant, faisaient
un simulacre de signe de croix dans le vide,

et disaient avec des airs de sibylle antique :
« Tu auras beaucoup d'enfants et tu seras
heureuse. » Elles recommençaient ensuite la
même comédie avec d'autres victimes. En
attendant l'heure du repas, les hommes
couraient les campagnes des environs, où
ils espéraient vendre leurs rosses borgnes.

Le soir, un grand mouvement s'est fait
dans le camp. Les bohémiens se portaient
en masse vers une tente dressée au bord du
sentier qui monte avec des zigzags capri-
cieux au sommet de la colline. Je les ai
suivis. Là, dans l'ombre, étendue sur un
matelas crevé, une jeune fille se mourait.
Elle avait la beauté parfaite des camées.
Une maladie terrible la dévorait doucement; elle allait exhaler le dernier souffle.
Sur sa face s'étendaient déjà des teintes de

cire jaunie; deux roses se fanaient dans ses
cheveux. Une couverture en lambeaux la
recouvrait en partie. Groupés à ses côtés,
les bohémiens, debout, restaient silencieux.
Le chef, qui l'appelait Faouna, s'approcha
de sa couche et lui parla à voix basse. La
pauvre fille fit signe qu'elle ne pouvait plus
remuer les lèvres. Elle voulut s'asseoir
sur le matelas. Immédiatement un jeune
homme s'agenouilla près d'elle, et, avec
mille précautions, la soutint, un bras sur
la taille. A ce moment, le soleil se couchait.
On eût dit qu'un immense incendie em-
brasait l'horizon. La gitane contempla
longtemps ce spectacle grandiose. La nuit
qui tombait lui faisait peur; elle avait le
regret amer d'une vie moissonnée dans sa
floraison. Parfois elle remuait sa tête amai-
grie, et sa pantomime triste disait :

« C'est hier, il me semble, que ma folle
jeunesse errait au hasard, en plein soleil,

le long des buissons poussiéreux des grandes routes. Je vivais heureuse; je n'aurais pas quitté mes haillons pour la robe lamée d'or d'une reine. Une ardente soif d'amour dévorait mon cœur de seize ans. On venait de me fiancer, j'allais devenir la fille du chef; et voilà que mes beaux rêves s'écroulent. Oui, ce soleil que j'ai vu se lever si souvent, les jours de marche, je le regarde pour la dernière fois, car demain, demain, des milliers de vers hideux ramperont sur ce visage aux contours si purs, dont j'étais fière autrefois. »

Brusquement, Faouna, les yeux gonflés de larmes, se laissa tomber en arrière. Par intervalles, des hoquets coupaient ses sanglots : l'agonie commençait. C'était navrant de voir cette belle créature se tordre et se débattre sous les embrassements de la mort.

Alors le chef se coucha à plat ventre. Les

bohémiens, hommes et femmes, l'imitèrent.
Ils priaient. A un signal donné, ils se levèrent pour commencer une danse brusque,
faite de contorsions et de déhanchements,
qu'avec une mélopée lente et monotone le
vieillard accompagnait. Ils prirent des tes-
sons de bouteilles qu'ils disposèrent sur le sol
de façon à former un grand cercle autour de
la mourante. Le remous des pins que le
vent du soir courbait et le cri attristant des
chouettes interrompaient seuls cette étrange
cérémonie. Une cage se balançait au cul
d'une voiture. Le chef se dressa, prit entre
ses mains le chardonneret qui l'habitait,
revint à pas lents et approcha le bec de l'oiseau de la bouche de la gitane. La jeune
fille se roidit, balbutia quelques mots; ses
yeux s'illuminèrent de lueurs bleuâtres,
puis sa tête, qu'elle voulait soulever, s'affaissa lourdement. Le drame de la mort était
fini. Le chef posa une couronne d'olivier

sur le front de Faouna; ensuite il ouvrit les doigts, et le chardonneret, qui emportait avec lui l'âme de la bohémienne, s'envola.

La caravane partit le lendemain, dès l'aube. En face de l'emplacement occupé jadis par le camp, des cailloux rangés en tas indiquent au passant que le corps voluptueux d'une jeune fille pourrit là-dessous.

———

A cette heure, toutes les fois que j'entends parler de bohémiens, je songe à ces gitanos qui vinrent, une claire matinée de septembre, faire halte tout près du cimetière, dans les chaleurs lourdes du soleil. La vie turbulente de ces chevaliers errants de la misère, leurs éclats de rire sonores, contrastaient avec la paix profonde de ce coin de terre inculte où dormaient les morts. Aussitôt je revois Faouna froide et

livide sur son matelas crevé, et là-bas,
bien loin, le chardonneret qui doit con-
duire sa jeune âme dans les prairies paisi-
bles, heureux de sa liberté retrouvée, en
pépiant gaiement, vole à tire d'ailes, au-
dessus des vergers d'oliviers, dans les premières ombres du crépuscule.

SOUVENIRS DE COLLÉGE

J'avais douze ans lorsqu'on me fit entrer comme interne au collége Saint-Louis, à Arles. C'est là que j'ai fait mes premières classes de latin.

Le collége était un ancien couvent de cordeliers bâti vers la fin du XIVe siècle, devenu successivement caserne de cavalerie et maison d'éducation. Il se composait de deux bâtiments reliés par un autre corps de bâtisse. C'était une construction simple d'apparence, aux murs épais assez sembla-bles à ceux des forteresses, aux plafonds gothiques blanchis à la chaux, aux fenêtres en ogive grillagées et ornées à certains endroits de vitraux coloriés. Deux cours plantées de platanes touffus, entourées de grands murs humides, décrépits, couverts d'une lèpre de moisissures, occupaient l'intervalle laissé libre entre les ailes.

J'ai passé là deux années, et j'ai conservé de ce temps d'insouciance et de gaieté des souvenirs qui ne s'éteindront qu'avec moi.

Faisions-nous des niches à ces pauvres diables de pions! Dans ma division surtout, on les martyrisait tellement qu'il fallait leur donner un successeur chaque semaine.

Le dernier que j'ai connu s'appelait Taddei. Il venait d'un petit pensionnat de Sartène. Figurez-vous un garçon de vingt-cinq ans, grand, maigre, cagneux, aux pommettes saillantes, à profil de bouc, et vous aurez son portrait. Il portait constamment la même redingote râpée, qu'il boutonnait jusqu'au menton et dont il dressait le col afin de dissimuler la crasse de sa chemise.

Le matin de son arrivée au collége, on ne le tracassa pas trop; mais le soir, à l'étude, après la récréation, au moment où la demie de six heures tinta, il se fit un effroyable vacarme. Jusque-là, nous avions fait semblant de travailler à nos devoirs. Les fenêtres de la salle étaient ouvertes. Dans le grand silence qui régnait, on entendait le cri des plumes sur le papier, les piou-piou des moineaux ou le frémissement du feuillage dans l'ombre épaisse de la cour.

Au bruit que fit le marteau de fer en tombant sur le bronze de la cloche, un murmure courut dans l'étude. Nous nous regardâmes, puis toutes les jambes se mirent en mouvement, et les pieds, animés de la même ardeur, heurtèrent le plancher en

3.

cadence. Pan ! pan ! pan !... Pan ! pan ! pan !...
Le pion, accoudé sur son bureau, lisait un
livre de médecine. Il s'éveilla comme d'un
songe. Il se leva, descendit précipitamment
les marches de la chaire et nous montra le
poing en nous appelant *ganaches*. Alors
les trépignements redoublèrent. Quelques
élèves sifflaient, ceux-ci miaulaient, ceux-là
aboyaient, d'autres s'interpellaient, et, au
milieu de ce tapage, dans la poussière qui
montait au plafond, le pion, pâle, la bouche
pleine de jurons, les cheveux en désordre,
faisait pleuvoir sur nous des centaines et
des milliers de vers.

Nous fûmes tous punis; mais comme
nous rîmes de cette farce!

———

J'avais pour copain un petit bonhomme
de mon âge, né à Paris, mièvre, aux yeux

bleus, et aussi blanc qu'une fillette. Il causait très-bien. Sa conversation était un singulier mélange de naïveté et de malice. Ses
allures rappelaient un peu celles du ga-
vroche. Dans toutes ses phrases il y avait
une pointe de ridicule à l'adresse de quelqu'un. Nous l'avions surnommé le Pâlot.
Il ne parlait jamais de son père. Pourtant,
les pions, les professeurs, le choyaient. Nous
autres, ils nous appelaient tout simplement
par nos noms. Lorsqu'ils s'adressaient au
Pâlot, ils disaient *monsieur* avec une
nuance de respect qui ne nous échappait pas.
Chaque semaine, une dame, jeune encore,
très-richement vêtue, et qu'il disait être
sa mère, venait lui apporter des gourman-
dises. J'ai su, depuis, que c'était la maîtresse
du sous-préfet. A chacune de ses visites, le
directeur l'accompagnait jusqu'à la porte.
Après avoir profondément salué, il se courbait comme un jonc quand le cocher, son

chapeau galonné d'or à la main, ouvrait la
portière du coupé bleu qui attendait l'en-
tretenue au bas du perron.

Un matin, pendant la récréation, tandis
que nous étions en train d'achever une partie de balle, nous vîmes un *nouveau* arriver
par la porte de l'étude. Le pion l'accompagnait et le tenait par la main. Lorsqu'ils se
furent un peu avancés dans la cour, le ré-
pétiteur lui dit en montrant les autres
élèves :

« Voilà vos compagnons, allez-vous amu-
ser avec eux. »

Nous autres, nous nous approchâmes du
nouveau venu. Lui s'était tranquillement
assis sur une marche d'escalier, sous les ar-
ceaux, et là, un couteau à la main, il s'amusait à faire des entailles dans le tronc d'un
jeune platane. Il devait avoir neuf ans. Le
soleil avait brûlé son visage et ses mains. Il
était vêtu grossièrement. Une casquette

bleue, à galon doré, couvrait sa tête coton-
neuse. Il portait un pantalon gris rapiécé
en plusieurs endroits, et un veston de drap
noir dont la longueur ne parvenait pas à
dissimuler les bouts de ses bretelles. Ses
pieds se perdaient dans de gros souliers
blancs, à semelles épaisses, ornées de clous
rouillés. Pendant que, pressés les uns contre
les autres, nous l'examinions en détail,
à la dérobée, il promenait sur nous son
regard surpris. Quelque chose de farouche
se devinait en lui. La méfiance mettait des
étincelles au fond de ses yeux rougis par les
larmes. On l'eût pris pour un de ces louve-
teaux qu'on essaye en vain d'apprivoiser.

Tout à coup, Pâlot éleva la voix :

« Laisse donc ton couteau tranquille,
grand bêta, et viens jouer avec nous autres,
dit-il, en s'adressant au nouveau.

— Je ne veux pas, répondit timidement
l'autre.

— Pourquoi?

— Je voudrais m'en aller... je languis.

— Ah! elle est bonne celle-là... Et de qui languis-tu, espèce d'ours mal léché?

— De mon pays et de ma mère.

— Tiens, tu as une mère, toi? Où est-ce ton pays?

— A la Croix-Blanche, loin, bien loin, dans les montagnes.

— Comment est-ce qu'on t'appelle?

— Désiré.

— Désiré! je vous demande s'il est permis de s'appeler Désiré... Tu es venu avec le chemin de fer?

— Non, avec la carriole; mon père conduisait. Nous sommes partis ce matin, avant l'aube... Oh! comme je languis!

— Est-ce que tu es riche?

— Je ne sais pas.

— Qu'est-ce qu'il fait, ton papa?

— Il est menuisier.

— Ah ! ah ! le joli métier !... Et ta mère ?

— Elle est malade.

— Y a-t-il longtemps ?

— Oh ! oui, c'est depuis que les gendarmes sont venus, pendant la nuit, chercher mon père pour le mettre sur un bateau et l'emmener ensuite au bout de la mer. Il s'était battu avec des soldats. On avait fait une révolution, et on voulait le tuer. Ma mère tomba malade. Quoiqu'il y ait des années de cela, la brave femme ne s'en est plus relevée. »

Et le pauvre petit, étranglé par la douleur, se prit à pleurer.

« Oh ! là ! là ! quel imbécile ! reprit Pâlot ; çà l'amuse de pleurer. Laissons-le tout seul. Ah ! ah ! la bonne tête ! »

Aussitôt toute cette bande de curieux, pareille à un vol de grives effarouchées, se dispersa, jetant dans l'air de longs éclats

de rire et courant dans toutes les direc-
tions.

Cinq heures sonnèrent à la vieille hor-
loge de la chapelle. Les jeux furent inter-
rompus. A trois reprises, le pion frappa
dans ses mains. Les élèves vinrent se
mettre en rang près de la fontaine. Puis,
obéissant à la voix qui cadençait la marche
en criant : « Une, deux; une, deux, » la
division s'ébranla.

Dans les rangs, Pâlot avait réussi à se
placer à côté du nouveau.

« Ce soir, lui dit-il (et les souliers qui
frappaient le sol couvraient ses paroles),
nous devons faire enrager le pion. Quel-
ques-uns de mes amis ont enfumé les
chauves-souris des gouttières et en ont pris
des tas ; nous les lâcherons dans l'étude. Il
y aura du grabuge. Nous serons punis en
masse, mais le pion sera furieux. J'ai voulu
t'avertir. Si tu nous trahis, gare à toi ! »

Nous étions arrivés. Chaque élève gagna son banc, sortit ses livres du pupitre et se mit à étudier les leçons du lendemain.

——— ——

A dîner, le nouveau s'obstina à ne pas toucher aux plats qui nous furent servis. Il ne parla à personne. A l'étude, on l'avait placé à l'avant-dernier banc, près de la fenêtre. Malgré le tapage qui se fit, il resta deux grandes heures immobile dans son coin. Les coudes appuyés sur la table, les mains dans les cheveux, il songeait en faisant semblant de lire le bouquin ouvert devant lui. Souvent, il levait la tête pour suivre le vol des mouches ou pour regarder les animalcules qui, devant lui, dansaient dans un rayon de soleil. Parfois, il fermait les yeux et enfonçait un doigt dans le trou de ses oreilles afin de mieux s'isoler. Alors,

4

il rêvait ainsi profondément. Sa pensée
s'envolait vers le village qu'il avait quitté
pour venir mordre au pain de l'éducation,
au fond de cette grande maison triste où il
ne connaissait personne, où sa présence,
son air gauche, excitaient les rires et les
moqueries. Ah! comme il souffrait le pauvre
petit! On venait de couper ses ailes, et nul
ne songeait à le consoler. Il lui prenait de
brutales envies de voir sa mère, de l'embrasser, de pleurer avec elle. Il se rappelait
le temps où il était libre. Comme ces jours
lui semblaient éloignés! L'hiver, lorsque
la neige couvrait la campagne à perte de
vue, il passait ses journées dans la cuisine, devant l'âtre où petillait un grand feu
d'amandiers. Les hommes, assis autour de
la table, jouaient à l'écarté, tout en causant.
Les femmes filaient ou tricotaient. Quelquefois, afin d'empêcher les enfants de dormir, une bonne vieille, ses besicles sur le

nez, une prise de tabac sur le revers de la
main, disait à haute voix un conte fantas-
tique, et les marmots, anxieux, les yeux
grands ouverts, restaient là, pendus à ses
lèvres, tandis que la chienne, le museau
allongé sur ses pattes, rêvait près des cendres chaudes. Quand venait la belle saison,
à l'époque où les premières cailles courent
dans les blés, c'est sur la place de l'église, à
l'ombre des ormeaux, qu'il polissonnait
avec la marmaille du pays. Au temps des
moissons, son père le conduisait au champ
avec lui. Il ouvrait la porte de l'écurie,
faisait sortir l'âne, sur le dos duquel on mettait le bât, puis les deux grands sacs de spar-
terie tressée; il montait dessus, et en route.

De sa place, le nouveau revoyait toutes
ces choses, et à chacun de ses souvenirs
des larmes silencieuses coulaient sur ses
joues tannées.

Le hasard voulut que, le soir, on donnât
au nouveau un lit placé juste à côté du
mien. Au dortoir, quand je ne dormais
pas, j'avais l'habitude de me pencher en
dehors de ma couche, afin de regarder ce
qui se passait autour de moi. Cette nuit-là,
lorsque tout le monde fut couché, je fis
comme d'ordinaire. Je m'assis sur mon
séant pour examiner à mon aise tous les
détails du dortoir.

C'était une salle haute et large, aux murs
blancs rehaussés d'un soubassement noir.
Un crucifix pendait au milieu, entre deux
fenêtres. De chaque côté il y avait une en-
filade de petits lits en fer avec de jolis rideaux blancs, dont la transparence permettait de distinguer les mouvements des
dormeurs. Le parquet, ciré avec soin, reflé-
tait le rayonnement des lampes qui brû-
laient contre la muraille. De ma place, je
regardais le pion. Il dormait avec la bouche

grande ouverte. Souvent il se dressait et envoyait un crachat sur le tapis. Des paroles incohérentes nées dans le rêve, des ronfle-ments tantôt timides, tantôt hardis, mon-taient dans le silence qui m'entourait. Par-fois, pendant que mes regards distraits allaient paresseusement d'un bout du dor-toir à l'autre, le cœur serré, j'entendais des sanglots étouffés sortir des draps de lit sous lesquels le nouveau avait enfoui sa tête.

LA LÉGENDE

DES TROIS LARMES

—

A Armand de Pontmartin.

———

Ah! la fière ville qu'était Avignon à l'époque où les papes l'habitaient!

On ne vit jamais tant d'entrain, tant d'animation, tant de gaieté.

C'était du matin au soir des processions qui n'en finissaient plus, des cardinaux à longues robes, des dais empanachés, des chasubles, des mitres étincelantes, d'interminables files d'enfants de chœur et de pénitents bleus chantant latin dans les rues tortueuses

jonchées de fleurs effeuillées, des pages aux
costumes bigarrés jouant aux osselets sur
les remparts, tandis que, couchés près de là,
les grands lévriers suivaient leurs mouvements du coin de l'œil. C'était encore des
princes arrivant par le Rhône, des poëtes
célèbres, couverts de bijoux, venant rendre
hommage au pape régnant. Tout cela vivant, marchant, au bruit des cloches sonnant
à toute volée, des applaudissements du peu-
ple enthousiasmé, dans la poussière d'or
qui tombait du soleil.

Par les belles nuits d'été, la cité papale
était aussi très-animée. A la pâle clarté de la
lune, on voyait les hirondelles tourbillonner
autour des hautes fenêtres grillagées du
château. La farandole parcourait les places
publiques. Là-bas, du côté du pont, on entendait siffler les fifres et ronfler les tam-
bourins. Les brises qui se levaient appor-
taient de mélodieux frémissements de man-

dolines partis de quelques barques pavoisées qui descendaient le fleuve. Un falot à la proue, les rames immobiles, ornées de tentures traînant dans leur sillage, elles s'en allaient à la dérive, doucement balancées par les vagues, et, parfois, soulevés par une bouffée d'air frais, les rideaux d'étoffe légère laissaient apercevoir, se détachant sur un fond d'ombre bleuâtre, des couples d'amoureux causant à voix basse et tendrement enlacés.

Un soir, la désolation était entrée par la porte mal fermée d'une maison de la vieille ville. Dans une salle basse aux murs nus, au sol pavé de cailloux, où tout criait la misère, assise près d'un berceau, une femme pleurait toutes les larmes de son corps. Elle s'appelait Marthe. Le lansquenet qu'elle avait épousé venait de mourir, et Benezet, la chétive créature née de cette union, agonisait. La veuve ne possédait plus rien. De son aisance passée, il ne lui restait qu'un morceau de pain moisi qu'elle trempait dans l'eau lorsque la faim l'obligeait à l'approcher de ses lèvres. Elle n'avait pas de nourriture à donner à son enfant. Un jour, elle voulut essayer d'arriver jusqu'au pape Benoît, espérant obtenir de lui un secours que le saint homme n'eût certainement pas refusé. Elle était si misérablement accoutrée que les soldats rouges qui montaient la garde au bas du grand escalier la repoussèrent brutalement en la menaçant de la pointe de leur hallebarde.

Les soldats rouges la repoussèrent brutalement en la menaçant de la pointe de leur hallebarde. Marthe, désespérée, regagna sa demeure. Elle trouva son fils en proie à une fièvre ardente. Son visage étiré prenait des teintes de parchemin, ses pommettes se coloraient en rose; la respiration passait en sifflant entre ses lèvres violacées. La

veuve ne savait plus que devenir. Toutes
les oreilles restaient sourdes à sa douleur.
Le chirurgien-barbier refusait ses soins
tant qu'on ne le payait pas d'avance.
Alors, voyant qu'il lui fallait attendre la
mort, elle tomba à genoux et pressa sur sa
bouche les mains brûlantes du petit moribond.

Puis, elle tourna vers le ciel ses yeux
rougis par les pleurs. Elle achevait sa prière,
quand, près d'elle, une voix douce lui dit :

« Je t'ai entendue... ton enfant vivra...
je lui donnerai toutes les forces de la jeunesse... En échange de ces dons, tes désirs
réalisés, tu mourras. Il me faut ce sacrifice.
Y consens-tu ?

—Oh! oui, oui, répondit-elle; prenez ma
vie et sauvez mon enfant! »

L'émotion la suffoquait. Ses yeux se
mouillèrent, et trois larmes, trois grosses
larmes de joie, semblables à ces perles avec

lesquelles le matin fait des colliers aux roses, roulèrent le long de ses joues pour venir tomber sur la courte-pointe à fleurs bleues qui recouvrait le berceau.

Les trois larmes roulèrent le long de ses joues pour venir tomber sur la courte-pointe à fleurs bleues qui recouvrait le berceau. En se levant, Marthe les aperçut. Elle les prit dans ses mains; on eût dit qu'elles renfermaient chacune un rayon de soleil, tant elles jetaient d'éblouissantes clartés. Elle essaya de les écraser, mais elles résistèrent à ce contact. La veuve remarqua même que ses larmes ressemblaient étrangement aux diamants qui ornaient le diadème de la princesse Jeanne le jour où, resplendissante de jeunesse, la belle Napolitaine traversa Avignon.

Ses larmes ressemblaient étrangement aux diamants de Jeanne, la belle princesse napolitaine. A cette époque vivait dans la

ville des papes un argentier italien d'une
grande habileté, nommé Paoli. Marthe jeta
une cape éraillée sur ses épaules, tira la
porte de son taudis, et, malgré la nuit, se
dirigea vers sa boutique. Assis dans un
fauteuil de cuir gaufré, au fond de son ate-
lier, à la lueur d'une lampe à trois becs
pendue au plafond, entouré de ses aides,
l'argentier travaillait à un superbe calice
d'or sur le pied duquel il avait déjà ciselé
des figurines d'anges bouffis et frisés. Il
examina attentivement à la loupe les larmes
que lui présentait la veuve. Après les avoir
longtemps tournées et retournées, il les
rendit en disant :

« Femme, tes larmes sont des diamants.
Garde-les précieusement; elles représentent
une fortune princière. »

Femme, tes larmes sont des diamants,
elles représentent une fortune princière.
La veuve courut éveiller le barbier. Elle

lui montra un des trois diamants et promit
de le lui donner s'il guérissait son fils.
Cette fois le chirurgien ne se fit pas prier.
Il prit tant de peines, il inventa tant de mé-
decines, qu'au bout d'une semaine la vie
bouillonnait dans les veines de ce petit
être qui, deux jours avant, semblait près de
rendre l'âme. Marthe tint sa promesse. Par
la suite, Benezet devint grand et robuste.
C'était un brun, aux yeux bleus, aux mains
effilées, aussi fines que celles d'une châte-
laine. Il avait la force, la jeunesse et la
beauté; mais la veuve n'était point satisfaite.

La veuve n'était point satisfaite. Comme
beaucoup de mères, elle rêvait pour son
enfant un merveilleux avenir; elle voulait
des dignités, des grandeurs. Sa fortune lui
permettait de réaliser toutes ses fantaisies,
et comme elle désirait qu'il devînt un des
hommes les plus remarquables de son

temps, elle l'envoya étudier à l'université de Montpellier. Là, le jeune Provençal se fit bientôt remarquer. Sa vive intelligence étonnait ses maîtres. Les cadets de famille qu'il fréquentait parlaient partout de son savoir et de ses belles manières. Ainsi disparut la seconde larme.

Ainsi disparut la seconde larme. Lorsque Benezet revint à Avignon, le pape, qui s'était souvent entretenu de lui avec ses cardinaux, demanda à le voir. Il le fit venir au palais. Peu à peu, il le prit en amitié. Il l'invitait souvent à prendre place à sa table. Les soirs où il sortait à pied, pour aller faire ses dévotions à la basilique, c'est appuyé sur le bras de son favori qu'il parcourait les rues. Ces marques publiques d'estime rendaient Marthe bien heureuse ; pourtant elle dépérissait. Un mal étrange la dévorait. Elle s'éteignait lentement, pareille à une lampe dont l'huile est épuisée. La vie sem-

blait se retirer de son corps toutes les fois
que, pour satisfaire ses projets ambitieux,
elle se défaisait d'un diamant.

La vie semblait se retirer de son corps
toutes les fois que, pour satisfaire ses projets ambitieux, elle se défaisait d'un diamant. Benezet n'était pas encore arrivé au
bout de l'horizon qu'elle entrevoyait. Pour
lui elle désira les fêtes, les triomphes de la
gloire. Aussitôt la troisième larme se fondit
entre ses doigts, et le bruit courut dans
Avignon que, le lendemain, son fils devait
partir pour la cour de Naples, où le souverain pontife l'envoyait en qualité d'ambassadeur.

Le lendemain, Benezet devait partir pour
la cour de Naples, où le souverain pontife
l'envoyait en qualité d'ambassadeur. Le
jour du départ, la veuve était dans un état
de faiblesse extrême; son visage ressem-
blait à un masque de plâtre. C'est à peine

si, soutenue par deux suivantes, elle put
gagner le pont du haut duquel elle voulait
suivre du regard la galère dorée qui allait
emporter son enfant. La foule impatiente
s'était amassée sur les deux berges du
Rhône. Un escalier aux marches recou-
vertes de riches tapis de Flandre descendait
jusqu'à l'endroit où la barque attendait.
Les matelots larguaient les voiles éclatantes
de blancheur dans la lumière du soleil. Les
oriflammes flottaient au vent. Tout à coup,
une formidable détonation fit résonner
l'écho. Les cloches se mirent en branle;
un murmure de satisfaction courut dans
les groupes de curieux; on se serrait, on se
bousculait. Il y avait des grappes de pages
et d'écoliers pendues aux branches des ar-
bres; les jeunes filles, la gorge agitée, l'œil
brillant, se hissaient sur les bornes afin de
mieux admirer l'ambassadeur.

Les jeunes filles, la gorge agitée, l'œil

5.

brillant, se hissaient sur les bornes afin
de mieux admirer l'ambassadeur. Benezet,
suivi d'un cortége de grands seigneurs,
s'avançait à petits pas, superbement vêtu,
la moustache relevée, une main à la garde
de son épée, soulevant, d'un geste charmant, son chaperon pour répondre, avec
un joli sourire, aux vivats de la foule. A
un signal donné, on défit les amarres, et,
en gagnant le large, semblable à un oiseau
avide d'espace, la galère se pencha sur le
flanc comme pour prendre son vol. A ce
moment, Marthe poussa un cri déchirant
et s'affaissa entre les bras de ses femmes.
Ses forces, son amour maternel, s'étaient
évanouis avec sa dernière larme, et, ainsi
que la voix l'avait prédit, ses désirs réalisés,
elle venait de mourir.

THÉRÈSE

Elle s'appelait Thérèse, c'était ma sœur,
et je ne l'ai vue que trois fois dans ma vie.

La première fois, il y avait trois mois
qu'elle était née. Un jour de sortie, — à cette
époque j'étais au collége, — en arrivant à la
maison, mon père, le visage radieux, me
dit :

« Tu ne sais pas, nous t'avons acheté
une petite sœur; tiens, regarde-la. »

Et, pour me la montrer, il écarta en
souriant les rideaux de mousseline du
berceau.

Je me dressai sur la pointe des pieds;

Thérèse dormait. Je retenais ma respiration de peur d'éveiller le cher petit être; sa tête rose et joufflue, coiffée d'un joli bonnet orné de rubans bleus, s'enfonçait dans l'oreiller garni de dentelles. Des gouttes de lait perlaient sur le carmin de ses lèvres; par intervalles, un léger souffle soulevait sa poitrine; sa main droite reposait près de sa joue, tandis que les doigts de sa main gauche tenaient la croix du bracelet d'or qui entourait son poignet.

Je la revis quelque temps après. Elle avait grandi; elle me connaissait déjà et baragouinait d'une façon charmante. Quand elle jouait dans sa petite couche, mon père aimait à l'appeler de l'autre bout de la chambre. Alors Thérèse, avec de grands efforts, se soulevait à demi pour mieux voir, puis, brusquement, se laissait tomber en arrière en éclatant de rire. Elle se plaisait à tirer les oreilles du chien, qui se dressait

devant elle afin de lui lécher le visage. Elle
était l'âme de la maison. On m'oubliait un
peu à cause d'elle ; mais, comme l'affection
de mes parents se partageait entre elle et
moi, je ne songeais pas à m'en plaindre :
Thérèse était si gentille, et je l'aimais tant !

Voici comment je la vis la dernière fois.

Un matin, au collége, nous étions dans
l'étude occupés à apprendre nos leçons.
C'était en juillet, à l'approche des vacances ;
une grande chaleur tombait. Les portes et
les fenêtres avaient été laissées ouvertes. Le
pion, l'air ennuyé, la chemise débouton-
née, le gilet ouvert, se promenait devant
les tables rangées en gradins. Tout à coup,
après avoir causé un instant avec le domestique du proviseur, il s'arrêta, et, dans le
bourdonnement des voix, je l'entendis
m'appeler en disant :

« Enfermez vos livres dans votre pupitre;
on vous demande. »

En un clin d'œil j'eus pris mon képi,
dégringolé les escaliers et gagné le couloir.

Là, dans l'ombre, adossé à un pilier, je
vis se dessiner sur le mur blanc la silhouette
de mon père. Il pleurait. Le mouchoir qu'il
avait mis sur sa bouche ne parvenait pas à
étouffer ses sanglots; de grosses larmes tombaient dans les rides de ses joues et allaient
se perdre entre les poils rudes de sa barbe.
Il m'embrassa passionnément. Mon cœur
se serrait; une vague inquiétude m'emplissait l'âme; je sentais le malheur battre des
ailes au-dessus de nous. Mon père n'avait
jamais pleuré devant moi; je lui demandai
timidement le motif de sa douleur.

« Thérèse est morte, » me répondit-il en
essuyant les larmes qui mouillaient ses
yeux, et un long soupir gonfla sa poitrine.

Puis, me prenant par la main :

« Viens, reprit-il, nous allons la voir. »

Et, fou de douleur, il m'entraîna, sans se soucier des surveillants et des externes, qui nous regardaient passer curieusement.

Lorsque nous arrivâmes à la maison, ma mère aussi pleurait. Mon père lui parla à voix basse. Elle se leva, prit son chapeau, et sortit. Une voiture stationnait au bout de la rue; nous y prîmes place tous les trois. Louise, ma vieille nourrice, s'assit sur le siége, près du cocher. Dix minutes après nous arrivions à la gare. Nous montâmes dans le train qui, autrefois, pendant les beaux jours, nous conduisait à la campagne. Alors, on riait, on babillait tout le long de la route. Ma mère me grondait doucement quand il m'arrivait de

mettre le nez à la portière pour voir le
tunnel; mon père, assis à côté de moi,
suivait mes mouvements tout en lisant son
journal. Ce matin-là, ce n'était plus la
même chose. Tapie dans un angle du va-
gon, pâle, abîmée dans une rêverie profonde, ma mère semblait dormir; mon père
regardait les poteaux télégraphiques défiler
devant lui et remuait tristement la tête.

Nous descendîmes à une petite station,
près d'Aix. Un char à bancs nous attendait, à l'ombre derrière la gare; un paysan,
qui n'était autre que le mari de la nourrice
de Thérèse, le conduisait. La tête nue, il
vint silencieusement serrer la main à mon
père. Nous montâmes sur le char; le paysan
fit claquer son fouet, et le bidet, en prenant
le trot, s'engagea dans un chemin de traverse bordé de larges pins d'un vert sombre, d'où partirent quelques pies effarées.
Les larmes étaient revenues dans les yeux

enflammés de mon père. Ma mère ne pouvait plus pleurer ; elle restait immobile,
accablée, gardant un silence coupé de gros
soupirs, fixant constamment le même point
au fond de la voiture. Je les regardais tous
deux à la dérobée, et, devant cette douleur
muette, je sentais la peur s'emparer de moi.

Un quart d'heure après, nous étions arrivés. Le char à bancs s'arrêta en pleins
champs, en face du principal corps de logis
d'une vieille ferme. Cette habitation semblait déserte : les fenêtres de la façade étaient
closes. Un épagneul se mit à aboyer en
nous voyant venir ; à notre approche, des
pigeons s'envolèrent précipitamment du
jardin où ils maraudaient.

« C'est là qu'est Thérèse, dit mon père
en me montrant la maison de la main. »

Nous traversâmes une vaste cuisine mal-propre, située au rez-de-chaussée, dans laquelle deux ou trois marmots dépenaillés jouaient avec des canetons. Un escalier tournant, placé au fond, nous conduisit à la chambre où ma sœur dormait de l'éternel sommeil.

Arrivée devant la porte d'entrée de l'appartement, ma mère poussa un cri, et se précipita vers le berceau, près duquel elle tomba ensuite à genoux. Mon père embrassa longuement Thérèse, fit relever ma mère, puis tous deux, brisés, anéantis, furent s'asseoir près d'une fenêtre.

Cette chambre était presque nue : un lit en forme de bateau, une commode, une garde-robe ancienne, ne parvenaient pas à la meubler. D'énormes solives soutenaient le plafond. Deux gravures grossièrement enluminées ornaient les murailles blanches. Des rideaux d'indienne à carreaux

rouges pendaient à côté des fenêtres, par
lesquelles on apercevait un coin de ciel où
couraient quelques nuages cotonneux, les
sommets violacés des petites Alpes et la
vallée assoupie.

Dans l'espace laissé libre entre le berceau
et le lit, un prêtre priait. Deux cierges brû-
laient près de là; une table recouverte
d'une serviette blanche portait un petit
crucifix de laiton et un bénitier dans lequel
trempait une branche de buis. Il régnait
un grand silence; parfois, dans ce calme,
s'élevait le bourdonnement des mouches, la
psalmodie du prêtre ou le chant aigu d'un
coq du voisinage.

Je m'étais approché du berceau; Thérèse
y reposait parée comme pour un jour de
fête. Sa tête avait des pâleurs livides; les
boucles frisottantes de ses cheveux blonds
tombaient sur son front; ses beaux yeux
noirs semblaient vouloir lire au fond de ma

pensée; deux cercles bleuâtres les entouraient; ses lèvres blêmies, légèrement arquées, souriaient encore, et ses menottes aux doigts effilés se joignaient dans le geste suppliant de la prière.

J'embrassai ma sœur en pleurant, et je m'agenouillai à ses côtés. Je restai là, silencieux, longtemps, très-longtemps. Soudain un mouvement se fit: des rumeurs confuses, des bruits de voix venus du dehors, montaient jusqu'à nous. Mon père me prit précipitamment par le bras pour me faire entrer dans une chambre contiguë. L'heure de la séparation venait de sonner. De l'endroit où j'étais, mêlés à des sanglots déchirants, j'entendis les coups sourds du marteau des croque-morts; ils clouaient le couvercle de la bière dans laquelle était couchée Thérèse, ma sœur bien-aimée, morte à huit mois!

Il y a douze ans qu'elle dort au haut
d'une colline, la face tournée vers le soleil
radieux, dans un cimetière où, au milieu
des hautes herbes, parmi les croix éparses,
ont poussé des milliers de coquelicots dont
les racines vivaces plongent dans la pourri-
ture des cercueils.

Aujourd'hui, en fermant les yeux, je
vois le convoi funèbre cheminer, entre deux
rangées d'oliviers, dans le sentier blanc de
poussière conduisant au village. C'est le
matin; la chaleur est accablante; on dirait
qu'une pluie de métal en fusion tombe du
soleil. La campagne semble endormie. Un
vent tiède fait onduler les épis mûrs; les
cris assourdissants des cigales emplissent
mes oreilles; les souffles légers qui se lèvent
apportent les vibrations des cloches qui, au
village, sonnent le glas des trépassés; au
bord de l'eau, du haut d'un peuplier dont
les feuilles frissonnent, un rossignol,

comme pour saluer la morte qui passe, égrène la kyrielle de ses notes perlées.

Les chants religieux montent dans le grand air; par intervalles des silences se font; ce n'est plus alors qu'un long et confus bruit de pas. Le cortége va lentement... Le bedeau tient la tête avec la croix; les enfants de chœur et les prêtres le suivent; après eux viennent des confréries d'hommes et de femmes; au milieu, noyées dans ce ruissellement de lumière, suivies par la foule attentive, marchent quatre jeunes filles vêtues de blanc; elles portent une petite bière, recouverte d'un linceul, sur laquelle, de temps en temps, des fillettes jettent des roses odorantes et des fleurs de genêts fraîches cueillies.

LA CONFESSION

D'UNE HIRONDELLE

—

A Alphonse Daudet.

L'été dernier, un mercredi soir, tandis
que la nuit tombait, un bâton à la main,
je heurtais à la porte du monastère des
Prémontrés. Presque aussitôt, la tête bouffie
du frère portier parut derrière un grillage
qui venait de s'ouvrir.

« Qui est là? interrogea la voix du
moine.

— Un voyageur.

— Bien le bonjour..... Vous demandez ?

— L'hospitalité pour une nuit dans la maison de Dieu.

— Votre nom ?

— Voici une lettre de recommandation pour le prieur ; veuillez la lui remettre, cela vous dispensera de savoir qui je suis. »

Le grillage fut refermé. J'entendis un bruit de sandales qui s'éloignaient. La réponse ne se fit pas attendre ; on tira des verroux, une clef grinça dans la serrure ; la porte s'ouvrit à deux battants et le frère lai m'introduisit dans le cloître.

J'arrivais d'Avignon. J'avais marché quatre heures, par un soleil aveuglant, dans la poussière de la grande route. Le déjeuner que j'avais fait le matin, en compagnie du poëte Théodore Aubanel, sous les figuiers d'une auberge de la Barthelasse, était tombé dans mes talons : aussi ce fut avec joie que j'acceptai l'offre gracieuse que me fit le supérieur de prendre place, dans le réfectoire, autour de l'immense table sur laquelle allait être servi le maigre souper de la communauté.

Après le repas, on dit la prière, une cloche tinta : c'était l'heure du repos. Les moines se levèrent, ils firent le signe de la croix et, dans la lueur des lampes pendues aux voûtes, je les vis disparaître un à un, le capuchon baissé, les bras croisés sur la poitrine, silencieux comme des fantômes.

Un frère blanc, armé d'une petite lanterne, me conduisit à la cellule que je devais occuper. Elle était située au deuxième étage, au-dessous même du toit; un lit de fer, une table et deux chaises la meublaient.

C'est là que je passai la nuit.

———————

Le lendemain je fus debout de très-bonne heure.

Quand la grosse cloche du monastère
sonna matines, j'étais accoudé à la fenêtre
de ma cellule, et, dans la fraîcheur humide
du matin, tout en rêvant, je regardais la
campagne s'éveiller.

Un peu de brise chantait dans les oliviers ;
des nuages de brouillard flottaient au-dessus
du vallon et disparaissaient ensuite ; des
senteurs de genêts montaient de la plaine ;
des gazouillements joyeux arrivaient jusqu'à
moi. En se levant, le soleil dorait la cime
des Alpilles ; là-bas, sur la colline, les pins
gémissaient leurs plaintes mélodieuses ; de
temps à autre, des mésanges effarouchées
sortaient des profondeurs du bois, volaient
en secouant leurs ailes mouillées, puis
allaient s'abattre, plus loin, entre deux
rangées de vignes.

Tout à coup, une voix grêle résonna dans
le silence qui m'entourait. Je prêtai l'oreille :
cette voix partait d'un nid de terre gâchée

mêlée de menue paille, bâti contre une gouttière, à la hauteur de ma fenêtre. Dans ce nid il y avait une hirondelle et quatre petits, mais quatre petits qui pouvaient déjà suffire à leurs besoins. Ils ne s'aperçurent pas de ma présence ; ils étaient groupés autour de leur mère, tristes, attentifs, anxieux, buvant pour ainsi dire les paroles qui tombaient de sa bouche. L'hirondelle parlait très-bas, comme quelqu'un qui n'a plus que peu d'heures à vivre.

La pauvre bête faisait peine à voir. Accroupie sur une couche de duvet, tremblant la fièvre, ses longues ailes pliées, les yeux battus, elle pouvait à peine respirer. Je la vis de nouveau ouvrir le bec. En allongeant le cou, avec beaucoup d'atention, je parvins à l'entendre distinctement.

Elle disait :

« Je le sens, mes pauvres petits, c'est bien fini ; je vais vous dire l'éternel adieu. Ne

vous désolez pas ainsi ; il fallait s'attendre à
ce qui arrive : la mort est la commune loi des
hirondelles. J'emporte une dernière joie, qui
est à elle seule l'adoucissement de mes souf-
frances : c'est qu'en partant pour l'autre
monde, je vous laisse tous en état de gagner
votre pain. Avant de fermer les yeux, — si
la mort m'en donne le temps, — je veux vous
faire ma confession. Peut-être trouverez-vous
dans l'histoire de mes jours passés quelques
enseignements qui vous aideront à porter
sans rébellion le pesant fardeau de la vie.
Approchez donc, mes chers petits, encore,
encore... Ma voix est si faible que, si vous
restiez là-bas, vous ne m'entendriez pas...

« Je vins au monde non loin de Constantinople, dans un village turc. J'avais une
sœur — morte depuis — un peu plus âgée
que moi. Mes parents me gardèrent trois
semaines dans le nid. Un jour, ma mère
vint m'éveiller plus tôt que de coutume.

« Petite, me dit-elle, tes ailes sont assez
« fournies maintenant ; il faut songer à les
« essayer. Allons, allons, paresseuse, lève-
« toi et prends ta volée. »

« J'étais debout sur le bord du nid, prête
à obéir ; mais je n'osais pas me lancer dans
l'air. J'essayai vingt fois, le courage me
manquait toujours. Lorsque j'avais le malheur de regarder en bas, en voyant ce grand
vide au-dessous de moi, ah ! Dieu de Dieu !
je ne me sentais pas solide sur mes pattes ;
le sang de mes veines me remontait au cœur
et tout mon corps frissonnait.

« Je finis pourtant par avoir raison de la
peur qui m'étreignait. Brusquement, les pau-
pières closes, les ailes grandes ouvertes, je
me laissai tomber dans l'espace. Ma mère
volait à mes côtés ; elle m'encourageait
avec des sourires.

« Ce n'est pas trop difficile, disait-elle ;
« cela va tout seul, tu le vois... Ne te presse

7

« pas tant... règle ton vol... Reste là, près de
« moi, je vais te montrer Constantinople.»

« Alors, dans un rayon de soleil, je vis des
milliers de maisons blanches surmontées
de terrasses, adossées les unes aux autres. De
distance en distance s'élevaient de sveltes mi-
narets, du haut desquels, appuyé sur la ba-
lustrade, un muezzin en extase chantait la
gloire d'Allah. Une large rivière, bordée de
lauriers-roses et de cyprès touffus, côtoyait
la ville. Le bleuissement de la mer s'apercevait à l'horizon.

« C'est dans la limpidité de ce ciel d'Orient,
dans la tiédeur de cet air embaumé, que je
vécus les premiers mois de ma vie. Je de-
vins bientôt une véritable hirondelle. Le
matin, je chassais les bestioles avec ma
sœur. Pendant la grosse chaleur, nous ne
quittions pas le nid. Vers le soir, quand
la brise se levait, nous volions à pleines
ailes vers la ville. C'était une vraie fête:

nous nous mêlions à des volées d'hirondelles voisines; on se poursuivait en se becquetant. Nos mères, restées en arrière, surveillaient nos ébats. Nous passions au-dessus de la rivière, dont les eaux limpides charriaient des caïques chargés de jeunes gens qui chantaient des mélodies orientales en s'accompagnant de la zourma, et, à bout de forces, épuisées par ce trajet, nous allions enfin nous reposer sur la coupole de la grande mosquée. Nous restions là de longues heures. La foule bariolée se pressait autour de nous, dans les rues caillouteuses. Près de la mosquée il y avait un bain turc que fréquentaient les belles dames de Stamboul. De là-haut, nous les regardions sortir et s'en aller, masquées de blanc, ne montrant que leurs yeux agrandis par le kol, laissant après elles une odorante traînée de musc et de verveine.

« Un matin, dès l'aube, mon père dit à ma mère :

« Il faut préparer les enfants, nous allons « partir pour la France... Dépêche-toi. »

« Nous nous joignîmes à plusieurs centaines d'hirondelles qui, rassemblées sur les murs délabrés d'une villa en ruine, attendaient l'heure du départ, et, à un cri que poussa notre guide, toutes ensemble nous partîmes à tire d'ailes.

« Quel beau voyage je fis !

« C'était en avril, la saison où naissent les premières roses. Partout nous rencontrions de la verdure, des fleurs et du soleil. Nous traversâmes la Grèce d'une seule volée. Le lendemain, notre caravane, qui avait laissé bien loin derrière elle Venise, Rome et Florence, fit halte tout près de Naples, au bord de la mer, sur la toiture à moitié pourrie d'une cabane de pêcheurs.

« Ah ! ce jour et cette ville, je les maudis,

car c'est sur cette plage que je connus le
martinet qui plus tard devait être votre
père. Avant notre arrivée, je l'avais vu vo-
leter près de moi avec une certaine affec-
tation; mais il n'osait pas m'adresser la parole. Ce ne fut qu'au jour tombant qu'il
vint me demander en mariage à ma mère.
Moi, je me tenais à l'écart, indifférente en
apparence, mais en réalité heureuse et
confuse de cette démarche, qui, en me
faisant goûter à des joies jusque-là incon-
nues, me remplissait la cervelle de rêves
dorés.

« Il était si bien, votre père, à cette époque!

« Je vois encore les teintes bleuâtres de ses
ailes et la touffe de plumes blanches qui
descendait gracieusement sur les côtés de
son cou. Sa tête fine, qu'éclairaient deux
grands yeux, respirait la franchise et la réso-
lution. Parfois il la secouait avec des mou-

7.

vements de fierté qui me remuaient le cœur.

« Tout cela m'eut bien vite séduite.

« Il plut aussi à mes parents. Ils me con-
sultèrent, et, croyant faire mon bonheur,
ils acceptèrent ses propositions. On nous
fiança. Le lendemain, nous étions mariés.
Le soir de ce jour, mon père, ma mère et
ma sœur me dirent adieu en pleurant ; mes
amies d'enfance m'embrassèrent une dernière fois, et la caravane partit, se dirigeant
vers la France. Nous fûmes presque heureux de cette séparation : nous voulions
jouir de la vie à l'écart ; nous voulions cacher notre amour et nos baisers loin des
vivants, près du ciel, dans quelque trou ca-
pitonné de mousse que les rayons du soleil
viendraient seuls visiter. Que nous impor-
taient à nous les grandeurs et les gloires de
ce monde ! Nous n'avions qu'une ambition,
vivre, vivre en nous aimant jusqu'à l'heure
de la mort.

« Nous restâmes encore une semaine en Italie.

« Un jour, mon martinet me parla ainsi :

« Il y a, tout là-bas, de l'autre côté
« de la mer, une terre bénie à laquelle les
« hommes ont donné le nom de Provence :
« c'est le paradis des hirondelles. Je suis
« presque certain que nos familles s'y
« sont établies. Nous devrions nous y fixer.
« Dis, chérie, le veux-tu ? »

« Je répondis affirmativement, car ma volonté était la sienne. Peu après, nous nous mettions en route. Nous traversâmes la Méditerranée. Le vent du nord soufflait avec furie. Le voyage fut pénible. Pour reprendre des forces, nous étions obligés de nous laisser emporter par les vagues blanches d'écume. Nous gagnâmes enfin la terre ferme. Après avoir visité plusieurs villages, nous résolûmes de nous arrêter dans le creux de cette vallée. Votre

père décida que nous bâtirions notre nid
sous la toiture de ce couvent. Là, en effet,
nous devions vivre en paix. Ce nid n'est
autre que celui-ci.

« L'œuvre de la nidification fut bientôt
accomplie. Nous travaillions si volontiers,
votre père et moi, et nous étions si heureux !
Il fallait nous voir partir, dès le réveil,
pour aller voler des brins de paille dans la
cour d'une bergerie du voisinage, ou bien
pour aller, du côté de la Durance, à la re-
cherche des flocons de laine arrachés par
les épines des buissons aux toisons des troupeaux errants ! Que de charmantes cause-
ries, que de longs baisers pendant ces heures
de labeur ! Nous rentrions au nid chargés
de butin. Après quelques minutes de repos,
nous repartions encore. Nous ne nous sé-
parions jamais. Il me disait son amour, il
lisait le mien dans mes yeux... Que nous
faisait le reste ? Il nous arrivait souvent

l'aller passer la nuit loin de là, au hasard
lu vol, dans un trou de muraille que les
:lartés des étoiles nous avaient permis de
lécouvrir. Alors, c'étaient des rires à n'en
plus finir et des émotions inattendues
pleines de jouissances. Avec quelle hâte
nous revenions le jour d'après, et comme le
duvet de notre nid nous semblait doux au
retour !

« O ivresses de la lune de miel, qu'êtes-
vous devenues ! »

––––––––––

A cet endroit de son récit, l'hirondelle
s'arrêta, exténuée, vaincue par la fatigue.

Elle ouvrit son bec à plusieurs reprises,
comme pour reprendre haleine, et continua
ensuite :

« Le réveil ne tarda pas à venir, et Dieu
sait s'il a été douloureux !

« Vous veniez de naître, quand je m'aperçus que celui auquel j'avais donné ma jeunesse et mon amour était indigne de mon affection. Il ne m'entourait plus de soins et de prévenances; la mauvaise humeur ne le quittait pas; il désertait le nid à la pointe du jour et ne revenait qu'avec les premières ombres de la nuit.

« Ah! mes mignons, que de fois j'ai silencieusement dévoré mes larmes en vous donnant la becquée !

« Votre père ne tenait aucun compte de ses devoirs d'époux. Pendant la période de l'incubation, tandis que j'étais retenue au nid, au lieu de songer à la nourriture de la famille, il vagabondait par les champs en compagnie de mauvais garnements de son espèce. C'est sur moi que pesaient toutes les charges du ménage. Les premiers temps, j'eus assez de force pour suffire à ces mille occupations. A la fin, la tristesse ai-

lant, je sentis ma santé s'altérer et ma volonté faiblir. Votre père ne s'apercevait pas
de cela. Est-ce qu'il pensait seulement à
nous! Moi, je luttais, je luttais toujours...
La vie d'une mère est moins précieuse que
celle de ses enfants.

« Un soir, des idées de révolte s'emparè-
rent de moi. Lasse de ces efforts, j'osai éle-
ver la voix contre celui qui avait empoi-
sonné mon existence. J'étais comme folle.
Je lui fis des réprimandes sur sa conduite,
je lui parlai de vous. Ces reproches l'irri-
tèrent; la colère l'aveuglait; il me donna
tant de coups de bec que je faillis en
mourir.

« Je résolus alors de me résigner à ma
triste destinée.

« Attendons, me disais-je; plus tard, la
« mort sera ma libératrice. »

« Votre père ne m'adressait plus la parole;
il ne venait que pour prendre part à nos

repas. Il passait le reste de la journée dans les environs, auprès d'une hirondelle de mœurs légères dont il s'était amouraché.

« Un jour, il ne rentra pas. Je l'attendis, dévorée par la fièvre que la jalousie avait allumée en moi. Au fond, malgré tous ses défauts, je l'aimais, ce coureur d'aventures ; je sentais que j'étais née pour lui, et, s'il avait voulu, il aurait eu bien peu de chose à faire pour que le ciel de notre amour restât toujours azuré. Je guettais en vain sa venue ; les semaines s'écoulèrent sans m'apporter de ses nouvelles. Depuis son départ je n'ai plus entendu parler de lui. »

Il y eut un silence... Il fut impossible à l'hirondelle de continuer. Je la voyais ouvrir faiblement ses jolis yeux ; elle battait l'air de ses ailes brusquement ouvertes, en criant :

« Je souffre.... Ah ! mon Dieu, comme je souffre ! »

Soudain, la mort s'empara d'elle, la tordit et la renversa brutalement sur sa couche.

Les petits sanglotaient... Ils se précipitèrent sur le corps déjà froid de leur mère.

Je n'eus pas le courage de rester là plus longtemps.

———

C'est bête comme tout, mais, lorsque, le même matin, vers dix heures, après avoir pris congé du prieur, je quittai le monastère, j'avais l'âme navrée, et, pendant le retour, tout le long du chemin, le souvenir de cette agonie d'oiseau me poursuivit.

———

8

LES VIOLETTES FANÉES

Comme le temps s'envole vite, ma pauvre Margot!

Il y a déjà trois longues années que je t'ai dit adieu. Trois années!... Que de luttes j'ai eu à soutenir, que de cris de douleur il m'a fallu étouffer depuis notre séparation !

Ah! mignonne, quelle épaisse couche de lie il y avait au fond de la coupe où j'ai voulu m'abreuver!

Quand j'y songe, il me semble que c'est

hier que je t'ai embrassée pour la dernière
fois. Il y a longtemps, bien longtemps de
cela ; pourtant j'ai encore sur les lèvres la
saveur de ton dernier baiser. Je te vois vêtue comme tu l'étais ce jour-là. Ta tête en-
fantine, noyée dans l'ombre de ton chapeau
de paille, semblait plus pâle. Tes grands
yeux avaient des phosphorescences d'étoiles.
Tes cheveux, soulevés par les souffles légers, frôlaient ma joue. Ton cœur se gon-
flait. Tu songeais au départ ; tu voulais
sourire, mais, malgré toi, des larmes perlaient au bout de tes longs cils. Ta tristesse
m'avait gagné à tel point qu'au moment
où la locomotive se mit en marche, je fus
obligé de me détourner afin de ne pas te
voir pleurer.

Et vois si j'ai conservé le culte des beaux
jours passés : tout à l'heure, en cherchant
des notes écrites autrefois en marge d'un
volume de Musset, j'ai trouvé, entre la

cinquième et la sixième page de *Don Paez*, les trois violettes que tu cueillis le jour où, les bras enlacés, nous allâmes promener notre amour, à l'aventure, dans la poussière des grands chemins.

Pauvres violettes! ah! si tu voyais, Margot, comme elles sont jaunies, comme elles sont fanées! Le moindre choc briserait leurs tiges desséchées. Chaque jour leurs feuilles s'en vont en poussière; il ne reste plus d'elles qu'une douce senteur. Je me suis mis à les regarder en songeant à toi. Alors j'ai oublié les soucis de l'heure présente, et, comme dans une vision, j'ai revu notre petite chambre telle qu'elle était ce dimanche-là.

La veille, nous avions décidé que le lendemain, de très-grand matin, nous irions courir par les champs. Nous étions avides d'air pur et de soleil. Tu battis des mains lorsque je te dis :

« Allons, habille-toi vite, paresseuse, et
en route ! »

A six heures, nous prîmes un train qui
nous conduisit à Roquefavour. Tu voulus
monter, par curiosité, dans un comparti-
ment de troisième classe ; tu t'assis en riant
entre un marchand de porcs vêtu de ve-
lours et un pauvre petit vicaire de village,
myope, à l'air béat, dont la soutane grais-
seuse bâillait aux coudes. J'étais placé en
face de toi. L'abbé lisait son bréviaire en
traînant son nez sur les pages. De temps à
autre, nous échangions une ou deux paroles à voix basse, en regardant par la
portière. Il y avait quelque chose de con-
traint dans nos allures. Les yeux du vicaire,
qui brillaient derrière les verres de ses lu-
nettes, étranglaient ton charmant babil et ta
gaieté. Heureusement pour nous, le voyage
ne fut pas de longue durée. A huit heures,
nous étions perdus dans les bois.

T'en souvient-il, ma belle amoureuse?

C'était un véritable Éden que cet endroit-
là; on eût dit un paysage suisse égaré en
Provence. Il y avait des ombrages, d'un
vert sombre, pleins de gazouillements; des
collines boisées de pins fermaient l'horizon.
À nos pieds, une rivière en miniature ser-
pentait dans les prés.

Du fond de la vallée, noyée dans le brouillard, avec le tic tac d'un moulin montait le
grincement aigu des roues d'une charrette,
et, collées aux branches des oliviers, les cigales s'égosillaient en tournant leur ventre
reluisant du côté du soleil. Nous vîmes, —
en revenant de cet ermitage où un brave
capucin au masque rabelaisien nous avait
fait boire une bouteille de ce bon petit vin
blanc dont il se servait pour la messe, —
blottie derrière un rideau de tilleuls fleuris,
une villa aux murs blancs, aux toits rouges.

qui nous fit prendre en horreur les plaisirs bruyants de la ville.

« C'est là, me disais-tu, dans ce silence, dans cette atmosphère où passent des effluves de sauge, que je voudrais vivre, aimer, puis mourir. »

Précisément, ce jour-là, Roquefavour était en fête. Il devait y avoir bal, tir à la cible, jeux de boules et pégoulade.

Les marchands forains, arrivés la veille, dressaient leurs baraques au pied d'un immense platane; des menuisiers établissaient un orchestre au bord de l'eau; des hennissements partaient d'une écurie où des bidets étaient entassés. Une chèvre qui broutait en liberté, la bouche pleine d'herbes fraîches, leva la tête et nous regarda curieusement quand nous passâmes près d'elle. Une fenêtre ouverte me permit de voir, dans la cuisine d'un restaurant, la broche tourner devant un colossal brasier qui jetait

sur les murs blancs des lueurs d'incendie.
A quelques pas de l'hôtel, les marmitons
lavaient des centaines d'assiettes qu'ils
empilaient ensuite. Les canards barbo-
taient, à l'ombre, dans la boue d'un ruisseau. Par un chemin de traverse, au milieu
d'un nuage de poussière, noyée dans l'or
du soleil, arrivait une longue file de paysans et de paysannes endimanchés. C'était
une effroyable débauche de couleurs éclatantes. Les hommes fumaient en regardant
la campagne s'épanouir autour d'eux; les
jeunes filles, abritées par des ombrelles,
causaient avec leurs amoureux, et parfois,
de l'endroit où nous étions, j'entendais,
mêlés à de lointains tintements de grelots, de
longs éclats de rire monter dans le grand
air.

A peine sortions-nous du restaurant où
nous avions déjeuné, qu'animés par le
chant des pistons et de la clarinette, les

danseurs et les danseuses évoluaient dans le bal, au bord de la rivière.

« Il y a trop de monde ici, me dis-tu en prenant mon bras; allons chercher l'inconnu devant nous, loin, bien loin, au fond des halliers mystérieux. »

Alors, ma chérie, nous nous engageâmes dans un tout petit sentier que les grandes herbes cachaient à demi. De chaque côté du chemin, sous les mûriers, nous rencontrions des bandes de jeunes gens en goguette. Ici, une famille mettait tranquillement le couvert sur le gazon; là, le repas était terminé, et, debout, entourée des convives rassasiés, sa jupe blanche chiffonnée, une jeune fille chantait. Plus loin, étendus de tout leur long, le ventre enfoncé dans la luzerne, des paysans dormaient.

Peu à peu le silence se fit. La solitude régnait autour de nous. Nous marchions lentement, perdus dans une délicieuse rêverie. Un papillon qui voletait devant nous semblait vouloir nous servir de guide. Des enchevêtrements de broussailles et de lierre barraient le passage. Nous étions obligés de nous serrer l'un contre l'autre. La traîne de ta robe s'accrochait à tous les buissons. Les fauvettes s'envolaient en nous voyant venir ; sur nos têtes les micocouliers sauvages susurraient, et le soleil, en trouant le feuillage, faisait des taches jaunâtres sur le tapis d'herbe fine étendu sous nos pieds.

Nous rentrâmes à Aix. Cette longue journée avait passé comme un de ces beaux songes que le réveil fait regretter. Une vieille dévote, tout de noir vêtue, traversait la place des Prêcheurs et entrait à l'église pour y dire un dernier *Ave ;* des bourgeois, divisés par groupes, les mains croisées derrière le dos, allaient et venaient sur le cours. Plus bas, assis sur un banc, sous les platanes, un caporal baisait les grosses joues

d'une cuisinière; quelques camarades de
l'École de droit, attablés devant la porte du
Café de la Concorde, les pieds sur une chaise,
dans la fumée des pipes, causaient avec des
officiers de la garnison. La nuit tombait.
Les fanaux, qu'on venait d'allumer, mettaient des points d'or dans l'ombre des
ruelles. Nous marchions à petits pas; tu
t'appuyais sur moi; ton sein frémissait contre ma poitrine, et je sentais d'âcres par-
fums de lavande monter de tes cheveux.

Que ce temps est loin, Margot, et comme
ces souvenirs nous font vieux!

BONIFACE

HISTOIRE D'UN CHAT

—

A Émile Zola

———

I

Nous n'avons jamais pu savoir d'où il
venait. C'était probablement un orphelin.
Un jour, sans que personne s'en aperçût,
il réussit à s'introduire sournoisement dans
la maison. Les premiers temps, il nous
évitait, il s'enfuyait dès que quelqu'un faisait mine de marcher vers lui. Il resta longtemps caché sous le buffet de la salle à
manger. De ma place, durant les repas, je
voyais ses yeux verts miroiter dans l'ombre
et regarder curieusement, tandis qu'affriolé

par les odeurs de viande qui venaient de la cuisine, il promenait sa langue rose sur ses babines moustachues.

Lorsque l'appartement devenait désert, après avoir longuement écouté, le cou tendu, la queue traînante, avec mille précautions, il quittait sa cachette pour venir manger les miettes tombées de la table. Petit à peit, il s'habitua à nous voir marcher autour de lui. Il devint moins sauvage. Il se laissait prendre par la peau du cou et s'accroupissait volontiers sur mes genoux, les yeux à demi clos, la bouche pleine de ronrons langoureux, quand je m'amusais à caresser son échine de la main.

II

Nous l'avions appelé Boniface. Après quelques mois de cette paisible existence,

il était devenu méconnaissable. Une mé-
tamorphose s'opérait en lui. Les rudesses
de son échine disparaissaient. Son ventre
prenait des courbes délicieuses. Il semblait
pétri avec de la graisse. Un ruban de soie
rose entourait son cou. Sa belle robe noire
luisait. Ses yeux semblaient plus profonds
et plus vifs. Ses oreilles transparentes laissaient voir des enchevêtrements de veines
gonflées d'un sang généreux. Ses moustaches
longues et fournies lui donnaient un petit
air crâne qui le faisait ressembler à un ser-
gent pour lequel une avenante cantinière
aurait eu des faiblesses.

Boniface était un chat modèle. On n'a-
vait pas une peccadille à lui reprocher. Il
ne sortait presque jamais. Parfois il lui
arrivait de flâner un moment sur le seuil
de la porte; mais il rentrait à la hâte dès
qu'il voyait un passant s'approcher de lui.
Nanon, la domestique, l'adorait. Elle avait

brodé à son intention un joli petit coussin à fond noir, sur lequel se détachait une gerbe de coquelicots et de bluets entremêlés d'épis dorés. C'est là-dessus que le matou s'allongeait devant la braise du foyer. Pendant tout le mois de janvier il resta enfermé dans le salon. J'aimais à le voir se coucher sur le sol et jouer avec un peleton de fil qu'il faisait mouvoir du bout de la patte. Il prenait des mines et des poses réjouissantes. Brusquement, le jeu cessait. Alors il rampait sur le tapis, battait l'air de sa queue, et, tout d'un coup, semblable à un jeune tigre qui, blotti dans les bambous, l'œil en feu, la langue hors de la gueule, épie le passage d'une gazelle, en deux bonds il atteignait l'araignée qu'il avait vue descendre contre le mur. Souvent il allait chercher querelle à ma chienne, et l'agaçait tant et si bien que celle-ci, lasse de voir Boniface gambader autour d'elle, le prenait entre ses dents et le portait, sans colère, sur le coussin où il avait l'habitude de reposer.

L'hiver tout entier fut pour le matou une longue et douce quiétude que rien ne vint troubler.

III

Bientôt la mauvaise saison disparut. Le printemps venait lentement, son manteau de roses sur l'épaule, coiffé d'un rayon de soleil. La fin avril approchait. Les hirondelles arrivaient par milliers et reprenaient possession des nids qu'elles avaient construits dans les combles du clocher; les bourgeons crevaient sous le puissant effort de la séve pour donner naissance aux premières feuilles; les roses épanouies livraient leurs gorges nues aux attouchements des abeilles. Fécondée par le

soleil, toute la nature, en s'éveillant d'un
long somme, prise d'un âpre besoin d'en-
fantement, se sentait tressaillir jusque dans
les profondeurs de ses entrailles.

Un peu avant Pâques, je m'aperçus que,
de temps à autre, Boniface désertait la
maison. Il restait une demi-heure, quelquefois une heure dehors, mais il finissait
toujours par rentrer. La semaine suivante,
ses absences furent plus fréquentes. Il ne
revint qu'à la nuit. Peu à peu, ses esca-
pades devinrent journalières et il en arriva
à courir la pretentaine de l'aube au coucher
du soleil.

Un mois après, un dimanche, quand les
étoiles se levèrent, le matou n'avait point
encore regagné sa demeure. Au moment de
nous mettre à table, Nanon l'appela à plusieurs reprises. Elle alluma une lanterne,
et fut même le chercher au jardin. Ses
appels réitérés et ses minutieuses recher-

ches n'aboutirent à rien... Pas plus de Boniface que sur la main.

Le même soir, vers onze heures, je revenais du cercle en fumant ma cigarette. La nuit était radieuse. Les étoiles illuminaient le ciel. La lune éclairait la campagne à perte de vue. De la vallée silencieuse montaient les lointains aboiements des chiens de garde. Des points d'or brillaient aux fenêtres d'une ferme. A mes pieds, des vers luisants cheminaient lentement entre les touffes de gazon, et, près de moi, perdu dans les pins que les brises attiédies faisaient frissonner, un coucou chantait sa monotone chanson.

J'allais ouvrir la grille de l'allée qui conduit à ma demeure, lorsqu'un miaulement plein d'ardeur contenue éveilla mon attention. Je me retournai aussitôt et vins me blottir dans l'ombre d'un pilier. Alors, par-dessus le mur, j'aperçus au fond du jardin, ce fripon de Boniface qui jouait avec la jeune chatte du curé. Le matou, couché sur le dos, se tordait joyeusement dans la terre et battait l'air de ses pattes. Accroupie à quelques pas de là, la chatte le regardait en ronronnant; sa queue balayait le sol. Leurs yeux phosphorescents éclairaient l'ombre. Soudain, Boniface se leva. Il bondit près de sa compagne, la mordit sur le cou, et tous deux, obéissant à la même pensée, s'enfuirent en courant côte à côte. Je vis leurs silhouettes fines se détacher sur la limpidité bleue du ciel, puis, ils disparurent derrière un massif de lilas.

Le matou et sa maîtresse venaient de se mettre en route pour le pays de l'amour.

Le lendemain, Boniface ne revint pas. Un mois se passa ainsi. A la fin, nous finîmes par croire que, surpris par un mari jaloux, il avait été tué en revenant de quelque expédition amoureuse.

IV

« Monsieur, me dit un jour Nanon, vous ne savez pas ? Boniface est revenu.

— Ah!... quand cela ?

— Ce matin. Tenez, il est là, sous la chaise ; regardez comme il a maigri. »

Je me penchai pour voir.

Le matou n'était plus reconnaissable : on eût dit un fantôme. Ses pattes fléchissaient sous le poids de son corps. De temps à autre de longs frissons le secouaient. Il n'avait même pas la force de miauler. Je l'appelai doucement. Il essaya de se dresser, mais il s'abattit aussitôt sur le plancher. Les rares miaulements qu'il fit sortir de son gosier pour me prouver qu'il me reconnaissait étaient faibles et douloureux comme des râles de moribond.

Pauvre Boniface! voilà où l'amour d'abord, et la débauche ensuite, l'avaient conduit !

La vieille Nanon avait des tendresses pour lui. Elle lui faisait manger du mou et l'obligeait à boire du lait. Le matou fut longtemps avant de se remettre. Insensiblement la fièvre disparut, les frissons cessèrent, et la santé revint avec les forces. Le matou se transformait encore une fois. Il semblait rajeuni. La vie allumait ses yeux. Ses muscles reprenaient leur souplesse. Il lui arrivait de bondir comme pour essayer la vigueur de ses jarrets. Lorsqu'il s'était, pendant quelques minutes, livré à cet exercice, il allait tranquillement s'étendre sur le balcon, en plein soleil, et, tandis que la respiration lui soulevait le ventre par intervalles, il faisait des rêves peuplés de belles chattes toutes blanches, avec de jolis yeux verts, qui, de leurs langues fines, venaient délicatement lécher la peau rugueuse de son mufle.

Quinze jours après son complet rétablissement, Boniface déserta de nouveau la maison où il avait été recueilli. Mais, cette fois, en partant, il était loin de se douter qu'il ne devait plus revenir. Nous le cherchâmes partout, depuis la cave jusqu'au grenier. Nanon l'appelait à chaque instant; le matou ne répondait pas à sa voix. Nous l'attendîmes en vain. Les semaines, les mois s'écoulèrent: Boniface ne reparut pas.

V

Un matin, en rentrant chez moi à l'heure du déjeuner, j'aperçus le cadavre de Boniface qui séchait à l'air tiède, au bout de la rue, tout près d'un tas d'ordures. Le pauvre diable, blessé dans quelque guet-

apens, voulait sans doute regagner sa demeure. Ses forces lui faisant défaut, la mort
l'avait assommé là, sur place. Il était couché sur le flanc, le derrière dans l'eau sale
du ruisseau, la tête sur les cailloux. Sa face,
hideusement contractée, grimaçait les dou-
leurs de l'agonie ; ses yeux vitreux, grands
ouverts, regardaient le ciel ; une large tache
de boue maculait la belle robe noire que
j'admirais autrefois ; ses poils hérissés man-
quaient à certains endroits et mettaient à
nu des plaques de chair violacée ; son
ventre, crevé sur le côté, laissait échap-
per un amas de boyaux gluants et verdâ-
tres sur lesquels des centaines de grosses
mouches qui voletaient dans l'or du soleil
venaient se poser en bourdonnant.

LE TAMBOURINAÏRE

DE CASSIS

—

A MON AMI CHARLES MONSELET

———

I

Avant de devenir le célèbre joueur de tambourin que toute la Provence connaît, Jacques Vidal était un simple matelot de l'Empire. Il avait fait ses premières années de service sur l'escadre qui stationnait alors dans le golfe du Bengale, à quelques enca-blures seulement de la côte, où, parmi des massifs de palmiers et des lacis de plantes bizarres, luisaient des toitures retroussées

de pagodes sur lesquelles se profilaient des
dentelures en forme de dragons. Plus tard,
il embarqua en qualité de quartier-maître
de timonerie à bord du *Redoutable*, vaisseau de premier rang, à la poupe duquel,
au-dessus des sculptures du balcon, les brises de l'Océan faisaient frétiller le pavillon
de l'intrépide commandant Lucas.

Le marin, obéissant à une loi naturelle,
s'attache à son vaisseau comme, dans notre
Midi, le paysan s'attache au lopin de terre
planté d'oliviers que ses aïeux lui ont légué.
La communauté dans le danger, la solitude
loin du pays natal, au milieu des hurle-
ments de la tempête, l'honneur d'une loque
flottant au haut d'un mât, semblent expli-
quer cet ardent amour de l'homme pour ce
colosse de bois qu'un caprice des vagues
furieuses peut briser sur un rocher. Une
fois inscrit sur les rôles du *Redoutable*,
Vidal ne voulut plus le quitter. Il le con-

sidérait comme son bien. Ses cent vingt
canons dont les gueules noires de poudre
regardaient la mer bleue où roulaient des
paillettes de soleil, sa belle poulaine dorée,
son gréement délié, sa mâture hardie, ses
grandes voiles, sa chambre tapissée de cara-
bines et de petites haches d'abordage aux
tranchants effilés, il se figurait que tout cela
lui appartenait. Dans le silence des nuits
étoilées, quand, assis à la poupe, près de la
boussole, il faisait son quart, tandis que,
toutes ses voiles dehors, le *Redoutable*, la
proue enfoncée dans l'écume phosphores-
cente, traçait derrière lui un sillage profond, il caressait ses douces illusions. Souvent, la brusque arrivée du commandant
qui, sa redingote brodée d'or étroitement
boutonnée, une longue vue à la main, allait et venait sur la dunette, dans la lumière
blanche d'un rayon de lune, s'arrêtant quelquefois pour interroger l'horizon, tirait le

brave quartier-maître de son rêve et le ra-
menait brutalement au sentiment de la réalité.

Le jour de Trafalgar, à peu de distance
des jardins de Cadix, au plus fort de la bataille que la flotte anglaise livrait à l'escadre française, Vidal, un pistolet aux dents,
faisait tourbillonner sa hache autour de sa
tête et défendait ainsi l'entrée de l'écoutille
contre les attaques des matelots du *Victory*
qui avaient envahi le pont du *Redoutable*.
Il reçut même en plein visage un formidable coup de sabre qu'un lieutenant anglais destinait au commandant Lucas. Le
Redoutable n'était plus qu'une ruine glo-
rieuse. La flotte ennemie l'avait pris entre
deux feux. Par une ouverture béante l'eau
s'engouffrait en tourbillonnant dans sa ca-
rène. Mais Lucas et les survivants de son
équipage combattaient toujours. Des tas de
morts saignants dormaient à côté des bas-

tingages. Les mâts s'écroulaient avec fracas.
Les canonniers glissaient dans le sang en
poussant leurs refouloirs. Le tonnerre des
batteries couvrait les gémissements des bles-
sés. Au milieu d'un épais nuage de fumée,
dans la grêle de balles que les gabiers du
Tonnant faisaient pleuvoir sur lui, au cri
mille fois répété de : Vive l'Empereur ! Vidal clouait le drapeau français au bout de
la plus haute vergue du mât d'artimon. A
ce moment, la vigie du *Bucentaure* cria
l'ordre de mettre bas les armes. L'infortuné
Villeneuve, comprenant que la lutte était
désormais impossible, le cœur serré, venait
de rendre son épée à l'amiral Collingwood,
le successeur de Nelson. Tous les marins
français que la mitraille avait épargnés furent faits prisonniers. Peu après, debout à
l'arrière du canot qui l'emmenait avec ses
compagnons à bord du *Victory*, Vidal, la
larme à l'œil, le visage ensanglanté, la poi-

trine nue, les mains crispées, regardait, dans l'or du couchant, le *Redoutable*, criblé de boulets, complétement rasé, traînant après lui des tronçons de mâture et des lambeaux de voiles encore attachés aux vergues, descendre doucement au fond de la mer apaisée.

L'ancien quartier-maître de timonerie resta trois ans sur les pontons. Un soir de décembre, protégé par une brume opaque, après avoir bouclé autour de ses reins une ceinture de cuir qui contenait quelques centaines de francs, il dit un *Pater* et se précipita dans la Tamise. Son évasion réussit. Le cœur gonflé de la haine qu'il nourrissait depuis Trafalgar contre les Anglais, il traversa la Manche sur un sloop hollandais, gagna la France et s'achemina à petites journées vers Cassis, village ensoleillé où il avait vu le jour. C'est là qu'il voulait mourir.

II

Dès son arrivée il fit l'acquisition d'une barque, et devint, comme la plupart de ses compatriotes, pêcheur de sardines. Entre temps, les jours où la tramontane faisait moutonner les vagues sur le sable des *caranquo* du golfe, il s'amusait à jouer du tambourin. Durant les longues soirées d'hiver, lorsque, en se brisant aux angles des étroites ruelles de Cassis, le vent du large geignait ses plaintes lugubres, on entendait le flageolet de Vidal siffler des notes aussi vives, aussi joyeuses que celles du rossignol. L'ex-quartier-maître du *Redoutable* avait toujours eu un penchant pour la musique. Le tambourin était son instrument de prédilection. Il composait des airs de farandole et des motifs de polka que les jeunes gens dansaient sous sa direction, le dimanche, dans la coquette salle verte de

Cassis. Il se livra avec tant de passion à ses études musicales qu'au bout de quelques années, le tambourin et le flageolet rapportaient beaucoup plus que la pêche des sardines ou des thons. Insensiblement la réputation du patron Vidal se répandait dans la basse Provence. Ses concitoyens étaient fiers de lui. De toute part on les entendait dire :

« Vidal!... Ah! quel fameux homme! De Toulon à Cette, il n'y en a pas deux comme lui pour jouer du tambourin! »

Leur admiration n'avait plus de bornes. Certains Cassidiens assuraient même que quand il battait un redoublé, on ne lui voyait pas la main droite. On l'invitait à chaque noce. Il n'y avait pas de fête sans lui. Il faisait danser la jeunesse de tous les villages voisins : Ceyreste, La Ciotat, Saint-Cyr, Roquefort, Aubagne, se disputaient l'honneur de le posséder.

Quel joyeux compère il y avait là! Tout
le monde l'adorait. Il trouvait toujours le
moyen de souffler des sornettes dans l'o-
reille des jolies filles, afin de les faire rire.
Il détestait aussi profondément l'eau pure
que ces gueux d'Anglais, mais, en revan-
che, il aimait tant le vin à reflets d'or de
son pays!

Les choses en étaient là le beau jour de
la vote du bienheureux saint Pierre, patron
des pêcheurs de sardines, qui arrive le
deuxième dimanche d'août. L'air semblait
embrasé. Pas une tache d'ombre, pas un
souffle de brise. Le soleil avait des caresses
brûlantes. Des volées de mouettes plon-
geaient en se jouant dans la mer tranquille,
au fond de laquelle tremblait l'image renversée d'un massif de roseaux. Les loups
au ventre d'argent, à reflets bleus, cabrio-
laient au-dessus de l'eau. En face du rivage,
une tartane dont la voile rouge tombait

lourdement le long du mât se faisait re-
morquer par sa chaloupe. Plus bas, des
pêcheurs retiraient en hâte leurs filets, d'où
s'échappaient des touffes d'algues vertes. A
Cassis, les cloches carillonnaient à grande
volée. Les musiques des orphéons parcouraient les rues bannières déployées. Domi-
nant tout le vacarme du village en fête, le
chant enragé des cigales se perdait dans l'atmosphère alourdie.

III

Après vêpres, les jeunes gens se dispo-
saient à faire la farandole, lorsque tout à
coup une nouvelle, qui se répandit dans
Cassis avec la rapidité de l'éclair, jeta la
consternation parmi les habitants.

Vidal de Cassis, Vidal le roi des tambou-
rinaïres, refusait son concours à la vote !

C'était inouï. Les Cassidiens, qui depuis

trois semaines attendaient le fameux bal de la Saint-Pierre, n'en revenaient pas. Des difficultés imprévues s'élevaient. On réfléchit longtemps. Il fut enfin décidé que les organisateurs de la fête se rendraient en corps auprès de l'ancien quartier-maître du *Redoutable* et parlementeraient avec lui.

Sitôt dit, sitôt fait.

D'ordinaire, Vidal prenait ses repas à la guinguette de la *Pêche miraculeuse.* Quand la députation y arriva, assis à l'ombre sous le treillard où pendaient de superbes grappes de raisins mûrs, le tambourinaïre riait et causait avec cinq ou six bons vivants de son espèce. Les organisateurs de la vote firent des pieds et des mains, mais leur éloquence fut dépensée en pure perte. Vidal leur ayant répondu qu'il s'était promis de ne pas jouer, ils s'en retournèrent bredouilles.

La situation se compliquait.

Le maire résolut alors d'aller lui-même essayer de faire tomber le *veto* opposé par Vidal. Il ceignit son écharpe et partit.

Il trouva le tambourinaïre à l'endroit indiqué. Son bonnet de cadis sur l'oreille, le visage illuminé, la bave aux coins de la bouche, il avait en face de lui une douzaine de bouteilles vides qui reposaient sur la table comme des morts dans un champ de blé, la nuit, après un combat meurtrier.

En voyant le premier magistrat de Cassis s'approcher de lui, Vidal comprit qu'un grave événement allait avoir lieu. Le bonnet à la main, il se leva; le maire prit place à la table.

« Toinette! apporte un verre! » cria le tambourinaïre de toute la force de ses poumons. Puis il se remit à cheval sur sa chaise.

Le maire l'interrompit du geste.

« C'est inutile, mon brave Vidal, lui dit-

il. Je ne suis pas venu pour avoir le plaisir
de trinquer avec toi. Ce qui m'amène ici est
plus sérieux. Fais-moi l'honneur d'écouter.
Tonin et Marius viennent de m'apprendre
que, malgré les démarches qui ont été faites
auprès de toi, tu t'obstinais à ne pas vouloir jouer du tambourin. Voyons, voyons,
tu as voulu plaisanter. Les étrangers se
moqueraient trop de nous. Sans ta présence, le bal est manqué, et la vote de saint
Pierre, qui promettait d'être si brillante,
ne sera plus qu'un pétard dans l'eau.

— J'en suis bien fâché pour saint Pierre
et pour vous, monsieur le maire, reprit
Vidal, mais aujourd'hui je me suis mis
dans la tête de ne pas faire danser. Tous
les Cassidiens flânent, et, nom de sort,
comme les autres je veux la passer douce. »

Le maire, qui ne se décourageait pas,
poursuivit :

« Il faut quand même que tu viennes

11

jouer. Tu seras payé largement. Combien te faut-il par heure?

— Mille millions de sabords, je vous ai déjà dit que je ne jouerai pas! Je suis plus têtu qu'un Breton. Si tous les saints du paradis étaient là, ce serait la même chose.

— Je te donne vingt sous par heure.

— Gardez vos vingt sous pour les pauvres de la paroisse.

— Quarante sous !

— Non.

— Trois francs !

— Je n'en veux pas.

— Quatre francs !

— Palme de Dieu! je vous répète que mon tambourin et mon flageolet resteront enfermés dans l'armoire.

— Même avec cinq francs?

— Vous dites?

— Cinq francs !

— Vous êtes donc Satan en personne,

monsieur le maire, et vous me prenez pour ce capucin qui mangeait des racines en gardant ses cochons, et que le diable fit, un jour, tenter par une belle dame nue?

— Cinq francs, est-ce décidé?

— Eh! certainement! Vous me faites avaler la salive.

— C'est bien entendu?

— Oui, monsieur le maire. Donnez-moi le temps de passer une chemise propre, et j'ouvre le bal. »

Le maire était radieux. Vidal se dressa, cracha sa chique, paya son écot et sortit.

Un quart d'heure après, vêtu de ses plus beaux habits, un brin de marjolaine retenu au chapeau par des rubans roses, son tambourin suspendu au bras, la petite baguette d'ébène à poignée d'ivoire dans la main, le flageolet aux lèvres, il faisait, aux applaudissements de la foule, son entrée triomphale dans la salle verte.

IV

La farandole terminée, le bal commença.
Il fut très-animé. Pendant toute l'après-
dînée, le tambourinaïre, juché en haut de
l'orchestre, la tête perdue dans les guir-
landes de laurier et les fleurs de liseron qui
tapissaient les murailles, battit la mesure
du bout du pied en jouant des valses et des
quadrilles. Il ne s'arrêtait que pour éponger
avec son mouchoir rouge la sueur qui per-
lait sur son front. Il aurait lassé les danseurs et les danseuses si, vers sept heures,
c'est-à-dire au moment du souper, on ne
l'avait prié de se reposer.

Après le repas, les danses recommen-
cèrent de plus belle. La salle verte resplen-
dissait de lumières. Trois énormes quinquets en porcelaine pendaient aux poutres.
Des chaînes de lanternes vénitiennes aux

couleurs éclatantes allaient d'une extrémité
du plafond à l'autre. Au dehors, leurs visages collés contre les treillis verts, des curieux regardaient avec une envie jalouse
les couples de danseurs tourbillonner dans
un nuage de poussière, au bruit joyeux du
tambourin et des bouteilles de limonade
gazeuse qu'on débouchait.

A minuit, le bal cessa. Les éclats de rire
s'éteignirent brusquement. Un grand calme
succéda au tapage qui régnait auparavant.
Vidal descendit de l'orchestre. Dans la lueur
jaune qui tombait des quinquets mourants,
on voyait partir les jeunes gens. Des fillettes,
les joues empourprées, les yeux en feu, ra-
justaient leur chevelure en désordre, bati-
folaient avec leurs promis, puis se séparaient en se donnant rendez-vous pour le
lendemain, car la vote de Cassis dure deux
jours. Peu à peu, la salle verte se vida, à la
grande joie de quelques galopins qui la

parcouraient en tous sens, pour chercher, entre les rangées de bancs, dans le sable, parmi les bouchons et les crachats, les bouts de cigares que les Cassidiens avaient jetés.

Les limonadiers fermaient les portes de leurs cafés. Les rues devenaient désertes. De temps à autre, dans la Grand'Rue, des points lumineux apparaissaient derrière les vitres. Les rayons de lune jouaient sur les façades des maisons. Soudain, dans le silence de la nuit, un tambourin se mit à ronfler. C'était Vidal qui, malgré l'heure avancée, continuait la fête!

L'ex-quartier-maître de timonerie du *Redoutable* avait quitté sa belle veste, et, les cheveux secoués, les manches de sa chemise relevées, suivi seulement de son ombre, il s'en allait par les rues, se démenant comme un fou furieux, tapant à tours de bras la peau tendue de l'harmonieux tam-

bourin, soufflant à en perdre haleine dans
son flageolet, dont il tirait des sons plus
pénétrants que ceux qu'exhalait le cornet
d'Astolphe. Les Cassidiens, brutalement
réveillés, parurent aux fenêtres. Les uns
riaient, les autres maudissaient l'enragé
tambourinaïre, qu'ils accablaient d'injures.
Vidal, qui n'entendait rien, avait précipité
sa marche. Il fit ainsi deux fois le tour de
Cassis. Il allait recommencer ses pérégri-
nations à travers les rues, lorsque, sur la
place, du haut de son balcon, le maire en
caleçon l'interpella.

Le tambourinaïre s'arrêta net.

« Tu as perdu la tête, mon pauvre Vidal,
disait le chef de la municipalité. Il est plus
de minuit; à ces heures-ci, tout le village
devrait dormir. Grâce à ton satané tambourin, Cassis est sens dessus dessous. C'est
un scandale. Pourquoi n'es-tu pas couché?

— Pardon, monsieur le maire, fit Vidal,

vous m'avez dit : « Prends ton tambourin et viens ouvrir le bal, je te donne cinq francs par heure. » Moi, je ne connais que la consigne, voilà pourquoi je joue encore. »

Et, joignant le geste à la parole, la baguette levée, il fit un pas en avant.

« Hé! hé! Vidal! cria le maire épouvanté.

— Monsieur le maire?

— Combien veux-tu pour te taire?

— Dix francs; pas un sou de plus, pas un sou de moins.

— Resteras-tu tranquille après?

— Oui, monsieur le maire.

— Bien sûr?

— Foi de Vidal!

— Tiens, voilà l'argent. »

Ce disant, il jeta au tambourinaïre deux beaux écus qui tintèrent en tombant sur les cailloux, et ferma sa fenêtre.

Vidal ramassa les dix francs, qu'il mit

prudemment en sûreté au fond de son
gousset, et, son tambourin sur l'épaule,
aux clartés des étoiles, dans la grande paix
de la nuit, tout en sifflotant un air de farandole, il se dirigea vers son logis.

A une heure, les Cassidiens et leur tambourinaïre dormaient profondément.

V

C'est de ce jour mémorable que date le
proverbe provençal, fait pour perpétuer le
souvenir de Vidal, qui dit :

> Lou tambourinaïre dé Cassis,
> Cinq franc per coumença, dès franc per feni.

LE MAL DU PAYS

Quel triste temps il fait aujourd'hui! La pluie a recommencé de plus belle la nuit dernière. Il y a du brouillard plein les rues. Je travaille dans cette chambre d'hôtel depuis dix heures du matin. Parfois, je vais à la fenêtre et, le front sur la vitre, je regarde les passants. Paris est devenu un immense marais. Les hommes pataugent dans la boue avec insouciance. Les femmes, les petites ouvrières surtout, pour éviter les éclaboussures, relèvent leurs jupes et mettent ainsi à découvert un bout de jambe

qui laisse deviner la perfection du reste.
Les fiacres ruissellent. Les cochers, impas-
sibles, assènent de vigoureux coups de fouet
sur leurs rosses faméliques. Des milliers de
parapluies montent et descendent les trottoirs
de la rue Laffitte. Il y a des rencontres et
des chocs. On dirait deux armées de gigan-
tesques champignons se livrant bataille.

Ce qui m'énerve, c'est que cette bête de
pluie ne cesse pas. Elle a l'entêtement te-
nace des brutes. L'horizon est sans cesse
rayé par l'averse. Pas un coin de ciel bleu,
pas un rayon de soleil. Je ne pourrais jamais m'habituer à vivre entre les murs de
cette grande ville. Pour nous, enfants du
Midi, le soleil est une partie de l'existence.
Il nous est aussi nécessaire que l'air que
nous respirons. Il mûrit nos épis et nos
raisins. Il communique sa chaleur au sang
de nos veines. C'est lui qui fait naître la
chanson sur nos lèvres; c'est lui encore qui

allume les yeux de nos filles. Il vient, presque chaque jour, faire de longues visites à
sa chère Provence, à cette Provence parfu-
mée qu'il aime, et, le soir, lorsqu'il la
quitte, c'est comme à regret qu'il s'enfonce
dans la mer.

O mon vieux soleil, qu'es-tu devenu?
Quand me montreras-tu ta crinière rousse?
Dans quelle contrée ton sourire s'épanouit-
il? Je soupire après ta venue. Sans toi, je
ne vis plus, je me sens vieillir et des tris-
tesses de croque-mort traversent mon cer-
veau.

L'appartement que j'occupe cause une impression de froid qui pénètre dans la peau.
La tapisserie, les meubles, les tentures,
tout y est vieux et fané. Les bibelots de la
cheminée et les moulures de la glace me
ramènent au temps des robes grecques fen-
dues sur la hanche, mises à la mode par les
provoquantes nudités de Mme Tallien. Je me

sens mal à l'aise dans cette chambre où l'on
rêve d'un autre âge. La nostalgie s'est emparée de moi et, contraste étrange, par ce jour
pluvieux, j'ai des visions ensoleillées. Des
bouffées d'air chaud me montent au visage.
Mon regard retourne vers le passé et s'ar-
rête là où j'ai vécu. Je vois d'ici un endroit
que j'aimais. J'y faisais halte, dans l'ombre
des noyers, les matins d'avril, en me rendant à l'école. C'est au bord de la rivière,
un peu plus haut que le moulin des Trois-
Platanes. Tout le long du sentier les amandiers secouent leurs mille fleurs, neige odorante qui dessine des taches blanches sur le
gazon. Vers la droite, à côté de cette touffe
de genêts, derrière cette haie de fenouil, je
distingue la fontaine où, sans s'inquiéter de
ma présence, les oiseaux venaient boire. La
petite source qui l'alimente ressemble, de
loin, à un fil de métal luisant entre les brins
d'herbe parmi lesquels il est tombé. Elle a

pourtant réussi à se frayer un passage à travers ces roches. Elle paresse dans son lit de mousse et de feuilles desséchées, puis, en babillant, avec des caresses dans la voix, elle va se précipiter dans la rivière à quelques pas de là.

Par instants, le tableau change. Ce n'est plus le même paysage qui s'étale devant mes yeux. Les vacances approchent. Nous sommes huit ou dix gamins dans ce verger d'oliviers que nous parcourons en tous sens. Un de mes compagnons prétend avoir vu un nid de chardonnerets dans le voisinage. Il s'agit de le trouver. Pensez donc, nous avons *taillé* la classe pour être plus libres. La poitrine au vent, les cheveux en désordre, nous voilà partis. Nous ne nous inquiétons seulement pas des coups de soleil. Nous examinons chaque tronc d'arbre, nous secouons toutes les branches. De temps en temps, la crainte d'une surprise

nous oblige à regarder en arrière. Ces silences anxieux donnent un charme singulier
à cette maraude. Les heures s'écoulent ainsi
dans la fièvre d'une joie longue à venir. La
nuit nous étonne. Nous avons bien trouvé
le nid, mais il était vide. Le plaisir est déjà
loin. Il faut retourner au village. Qui sait
ce qui nous attend là-haut? En regagnant
la maison paternelle, je mets ma cervelle à
la torture pour trouver le moyen qui me
permettra de dissimuler la large déchirure
faite au fond de ma culotte et au travers
de laquelle passe — Dieu me pardonne —
un bout énorme de ma chemise!

———

Ces souvenirs sont enchaînés à d'autres
qu'ils entraînent après eux. Sans le vouloir,
je songe à l'accueil sympathique que fit, il
y aura bientôt deux ans, la ville d'Avi-

gnon aux poëtes venus chez elle pour de
fêter le centenaire de Pétrarque.

C'était, je crois, un samedi soir. Les
lauréats du concours, les félibres, les poëtes catalans, les délégués des Académies
françaises et italiennes, arrivaient de Vau-
cluse. La population se pressait sur l'avenue
de la République et dans les rues voisines,
toutes brillamment illuminées. Elle avait
refoulé les troupes et envahi la chaussée.
Elle nous acclamait au passage et ses vivats
enthousiastes se confondaient avec les airs
joyeux des corps de musique. Cette ovation,
commencée à la gare, ne finit qu'à l'Hôtel de
ville. Là, le maire nous offrit l'hospitalité
au nom d'Avignon. Puis, la petite per-
venche à la boutonnière, nous fendîmes les
rangs pressés des curieux pour aller flâner
à travers les rues.

Il faisait une de ces nuits tièdes et claires
si communes, l'été, en Provence. Le ciel,

12.

d'un bleu foncé, était tout peuplé d'étoiles. Les lampions clignotaient au sommet des mâts. Les passants devenaient rares. Le tohu-bohu de la fête s'éteignait pour renaître plus vivace et plus bruyant avec le jour.

Une heure après, les félibres se réunissaient au café Tayeux. La salle du rez-de-chaussée était bondée de consommateurs. Un angle de trottoir fut mis à notre disposition. On rangea des bancs, on apporta des tables et chacun put s'asseoir. Des arbustes plantés dans des caisses peintes en vert nous séparaient du populaire. Du haut de son piédestal de marbre, le Corneille méditatif qui orne la façade du théâtre attachait sur nous son regard terne de statue.

Il y avait là Mistral, Aubanel, Mathieu, Crousillat, Quintana, Gras, Jules et Paul Arène, Vidal, Bourrelly, Tavan, Rou-

mieux, Arnavielle, Michel et le composi-
teur Duprat.

Les vieux causaient avec les jeunes, es-
poir du félibrige. Catalans et Provençaux
devisaient dans le même idiome. On évoquait des souvenirs; au bruit des verres
heurtés, on portait des toasts aux absents
et à la renaissance de la patrie.

Paul Arène me racontait la suite des
aventures de Roset la Bohémienne et de
l'infortuné Nivoulas, « ce romancier pra-
tique et musculeux » qui avait suivi sa
folle maîtresse jusqu'à Canteperdrix, lorsque je vis Mistral se lever.

« Puisque les verres sont vides, dit-il,
voulez-vous que nous chantions?

— Oui, oui, chantons! » répondîmes-
nous.

Aubanel intervint :

« Commence, fit-il observer au *capoulié,*
puis chacun dira sa chanson à tour de rôle. »

Le père de *Mireille* reprit :

« Laquelle désirez-vous?

— *Lou Porto-aigo! Lou Porto-aigo!* »

Mistral ne se fit pas prier plus longtemps.
Il posa son chapeau sur le banc, à côté de
lui, et, de sa voix souple et vibrante, il scanda
les premiers vers de cet adorable poëme :

> En Arlé, aù tèms di fado,
> Flourissié
> La Reino Pounsirado,
> Un rousié !
> L'emperaïre rouman
> Ie vèn demanda sa man ;
> Mai la bello, en s'estremant,
> Ie respond : Deman !

La foule s'était amassée autour de nous.
Elle restait silencieuse. A travers le bran-
chage des arbustes, j'apercevais des minois
roses de fillettes, des gorges à demi nues
soulevées par l'émotion et de beaux yeux
noirs petillants de curiosité.

Avant d'entonner le second couplet, le poëte de Maillane se tourna vers les assistants, et, avec un geste plein de bonhomie :

« Accompagnez donc le refrain, vous autres! » leur cria-t-il.

L'ordre fut immédiatement exécuté. A la reprise, des centaines de poitrines lancèrent les quatre derniers vers.

Il y avait quelque chose de grandiose dans ce spectacle qui, en gonflant les ailes de l'imagination, rappelait l'époque où les passants oisifs s'arrêtaient devant Homère aveugle chantant, en plein soleil, à l'angle d'une ruelle de Chio.

La lumière des becs de gaz, mêlée aux blancheurs des rayons de lune, tombait à torrents sur le groupe de poëtes. La tête de Mistral se détachait en relief sur les massifs de verdure. Près du chanteur, des crânes dépouillés luisaient, et tous les visages, aux lignes plus ou moins rudes, vivement éclairés, prenaient de fantastiques aspects.

Après Mistral, ce fut le tour d'Aubanel. Gras, puis Arène, Michel et Tavan leur succédèrent.

Cette animation, cette gaieté prime-sautière, gagnèrent la foule. Heureuse de ces réjouissances, elle manifestait sa joie en saluant d'applaudissements frénétiques chaque poëte et chaque chanson.

Nous nous séparâmes vers deux heures du matin. Avignon dormait si paisiblement qu'en regagnant l'hôtel où j'étais descendu, dans le calme de la nuit, j'entendais le Rhône gronder d'impatience en étreignant les piles massives du vieux pont Saint-Benezet.

O Paris, grand faiseur de révolutions, grand démolisseur de trônes, tu ne vaux

pas, malgré ta renommée, le petit village
où je vins au monde, un jour de beau soleil.
Je suis bien loin de lui, pourtant je vois
d'ici son clocher pointu et ses maisons blanches. Il est attaché au flanc d'une colline,
mon petit village; à distance on peut le
prendre pour un nid que les aigles ont
abandonné. Là, tout est paix et bonheur.
Le hameau semble inhabité; les portes sont
closes, les rues désertes : tout le monde est
aux champs et j'entends rire des filles dans
les vignes. Un rideau de toile grossière pal-
pite sur le seuil de la boucherie. Des bruits
de voix, des frôlements d'ailes sortent d'une
fenêtre entr'ouverte. Sur la place, le chien
du maire rêve devant l'église. Étendu sur
le fumier humide et puant de sa loge, un
porc que les mouches assaillent grogne de
colère. Des rubans de fumée montent d'une
cheminée et vont se perdre dans la limpidité du ciel, et, là-bas, à l'entrée du cime-

tière, le fossoyeur chante joyeusement en creusant la tranchée large et profonde au fond de laquelle iront dormir nos morts.

LA COURONNE DE ROSES

LA

COURONNE DE ROSES

CONTE POMPÉIEN

I

Ce soir-là, il y avait grand dîner chez la courtisane Archenassa.

Toute la jeunesse dorée de Pompéi était là ; tous les débauchés qui achetaient un caprice au prix du revenu annuel d'une ville, qui pouvaient mourir en disant : « La source des jouissances humaines, des fantaisies royales, est tarie pour nous, » mangeaient, buvaient, riaient autour d'une

vaste table en marbre de Paros veiné de
rouge, dont des griffes de lion incrustées
d'or formaient le pied.

Le repas touchait à sa fin. Les petits esclaves nègres dont les corps, entièrement nus,
luisaient à la lumière, des ronds de métal
aux chevilles et aux poignets, allaient et venaient, portant les plats de murènes pré-
parées au garum, les oiseaux du Phase,
les huîtres du lac Lucrin, les cervelles
de paon, les foies de scarrus, les fruits
de toutes sortes. Les vins de Crète et de
Massique écumaient encore dans des amphores d'or entourées de neige, et, sous
leur douce influence, dans cette pénétrante
atmosphère pleine de senteurs d'essence de
rose de Smyrne et de myrrhe d'Arabie, les
têtes s'étaient échauffées, les sens révoltés
se cabraient sous l'aiguillon d'un impérieux
désir.

Il faut dire que dans le triclinium de la

riche courtisane tout faisait naître le besoin
d'aimer. Toutes les splendeurs de l'art antique y avaient été déployées avec une lar-
gesse de Sardanapale. Archenassa pouvait
se passer ces fantaisies, car, malgré son
extrême jeunesse, elle possédait assez de
sesterces dans ses citernes pour payer la ran-
çon de plusieurs villes.

Le long des murs s'étalaient des panneaux
de fresques représentant différents sujets.
Ici, l'artiste avait peint un coin de l'Olympe ;
là, c'était Ixion embrassant la nue ; plus
loin, un faune aux pieds de bouc, aux oreilles
pointues, ivre de luxure, bondissait dans les
hautes herbes, poursuivant une naïade affo-
lée, qui s'enfuyait tenant encore entre ses
doigts aux ongles roses la mûre sauvage
qu'elle venait de cueillir. Une mosaïque
d'un travail merveilleux dessinait de capri-
cieuses figurines sur le parquet. Une lampe
d'onyx, remplie d'une huile odoriférante et

soutenue par des chaînes d'argent massif,
éclairait l'appartement. Du nard de Perse
brûlait dans des kamklins d'or, et dans un
angle de la salle, accroupie sur la peau d'un
léopard, une belle esclave nubienne, aux
yeux noirs, à la peau tannée, aux lèvres
rouges, chantait les stances d'une idylle
qu'accompagnaient les frémissements d'une
lyre à trois cordes.

L'ivresse étouffait la raison; la joie dé-
bordait comme l'ambroisie d'un vase trop
plein; le rire soulevait les poitrines, puis
de son joyeux bruit faisait répercuter les
échos des larges couloirs à pilastres de marbre. Archenassa pourtant ne partageait pas
la gaieté bruyante de ses convives. Tandis
qu'ils riaient et chantaient, accoudée sur la
table, le menton dans la main, les pieds
croisés sur un escabeau d'ivoire, elle suivait d'un œil indifférent les phases diverses
de cette scène. Si Pygmalion avait pu la voir

dans cette pose nonchalante, il eût fait la statue de la Rêverie au lieu de Galatée.

A ce moment, la belle Pompéienne était paresseusement allongée dans une longue chaise sculptée. Ses cheveux légèrement ondés, se relevaient vers les tempes, à la mode grecque. En dessous, noyés dans une voluptueuse tristesse, ses yeux brillaient ainsi que deux étoiles jumelles ; sa bouche, dédaigneusement arquée, avait des couleurs de pourpre ; ses bras, suavement modelés, étaient nus jusqu'aux épaules ; son col arrondi, sa gorge orgueilleuse, affrontaient les regards ; ses épaules brunes sortaient à demi de l'ouverture de sa tunique, comme Hélios émergeant de la sérénité bleue du ciel.

« Qu'a donc Archenassa pour être ainsi maussade ? demanda l'un des convives.

— Elle a peut-être perdu les faveurs de son dernier amant, dit Plancus.

— Le trône est inoccupé, je prends la

place! clamèrent en même temps les cinq Pompéiens.

— Vous n'y êtes pas, mes amis, observa Diomèdes.

— Lui a-t-on volé son bracelet d'or d'Ophir?

— Son flamant rose s'est-il envolé?

— Non, ce n'est rien de tout cela, répliqua Halconius. Vous vous trouvez aussi loin de la vérité que d'Athènes!

— Que veux-tu dire? ajoutèrent les autres convives, pour un instant devenus silencieux.

— Je veux dire que je prétends connaître le secret motif de la tristesse d'Archenassa... Elle est amoureuse!

— Par Bacchus! dit le fils du consul Arrius, voilà qui est impossible. Je suis plutôt porté à croire que je viens de voler une des pommes du jardin des Hespérides!

— Pourtant, continua Halconius sans se

départir de son calme, ce que j'ai dit est
vrai. Je puis même donner des preuves...
Archenassa a vu, avant-hier, au spectacle,
un étranger, presque un enfant, d'une re-
marquable beauté, dont elle s'est éprise.
Comment et où l'a-t-elle approché, je l'i-
gnore; mais ce que je puis affirmer, c'est que
l'heureux étranger s'appelle Myron, et que
lui et Archenassa sont restés enfermés ici
durant une longue journée.

— Ce que nous venons d'entendre est
donc vrai, ô Vénus? » fit Diomèdes, qui se
levait en titubant et portait à ses lèvres le
bras satiné d'Archenassa.

Une brusque poussée de la courtisane fut
la réponse à cette demande. Diomèdes,
dont les jambes faiblissaient déjà, recula
avec tant de force qu'il fit tomber un négril-
lon, gros comme le poing, qui passait derrière lui portant une aiguière d'onyx sur
l'épaule. L'aiguière se brisa et l'enfant s'en

alla en criant, le visage sillonné de larmes
et de gouttelettes rougeâtres.

« Décidément, Archenassa n'est pas
dans ses beaux jours, remarqua Plancus
en éclatant de rire.

— Tu n'as qu'à te surveiller, ajouta Halconius : comme certaines femelles au printemps, l'amour la rend furieuse. Tiens-toi
bien.

— L'amour, fit tout à coup Archenassa
en posant sur la table la coupe d'ambre
qu'elle venait de vider, et qu'un sculpteur
avait moulée sur son sein ; l'amour, il vous
sied bien d'en parler ! Vous connaissez le
mot, et non la chose. L'amour, vous l'avez
peut-être vu passer, comme une ombre,
dans les fumées de l'orgie. C'est à peine s'il
vous a été donné de l'entrevoir. Quel est
celui d'entre vous qui pourrait inspirer cette
passion qui enivre, enfanter cette flamme
divine qui fait tout oublier, qui dévore, qui

confond deux êtres, deux âmes, au point
d'en faire un tout? Est-ce Plancus, vieillard
de vingt ans qui ne peut marcher que sou-
tenu par deux esclaves? Est-ce Diomèdes,
dont le visage ridé est peint comme celui
d'une vieille fille de joie? Est-ce Halconius, qui, au lieu de sang, a du lait dans
les veines? Est-ce Arrius, corps atrophié
dont mes murènes ne voudraient pas? Dites
donc, quel est celui-là? L'amour, vous en
êtes indignes! Vous n'êtes que les produits
pourris de la prostitution et du vice. Oui,
Halconius a dit vrai, j'aime, j'aime de
toutes les forces de ma jeune âme; c'est
avec joie que je me suis donnée à Myron.
Pour un de ses sourires, pour un de ses baisers brûlants, je suis prête à vendre tout ce
que je possède, mon palais, mes bijoux, mes
esclaves, mes trésors, et votre sang à tous
par-dessus le marché!... »

Archenassa s'était insensiblement animée, le feu de la haine brillait dans ses yeux, ses seins agités soulevaient la tunique qui les recouvrait, ses lèvres tremblaient de colère. Pendant qu'elle parlait ainsi, Plancus et Halconius, d'abord attentifs, s'étaient endormis et avaient roulé sous la table ; l'esclave nubienne avait interrompu ses chants, et la lampe suspendue au plafond brûlait à peine.

Archenassa fit approcher deux esclaves scythes, colosses à cheveux crépus, et, avec un geste impérieux :

« Jetez-moi ces dormeurs à la rue. Quant à vous, mes chers seigneurs, fit-elle en montrant le couloir de sortie à Diomèdes et à Arrius, voici le chemin que vous devez suivre. »

Arrius et Diomèdes, comprenant que la résistance devenait impossible, obéirent à l'injonction de la courtisane. Quelques instants après ils se trouvèrent dans la rue toute blanche des clartés de la lune, en face d'une solide porte de cèdre ornée d'énormes clous d'airain.

« Voilà un dénoûment auquel je ne m'attendais pas, » observa Arrius en descendant tant bien que mal l'escalier de marbre du palais.

II

Archenassa était amoureuse, amoureuse folle ; elle aimait de cet amour vrai et profond qui n'apparaît qu'une fois dans le courant de la vie. Jusqu'à cette époque, la belle hétaïre avait vécu pour l'amusement des riches désœuvrés ; elle vendait ses caresses à celui-ci, ses œillades à celui-là, ses nuits à d'autres. Elle fut bientôt lasse de cette existence bestiale ; le jour vint où elle ne voulut plus être que pour elle et pour son plaisir. Ce désir la prit dès l'instant où

elle rencontra Myron au spectacle. Le jeune
homme, assis au banc des hôtes et des
étrangers, regardait froidement les gri-
maces des acteurs. L'argumentation bouf-
fonne du prologue le fit à peine sourire.
En l'apercevant, Archenassa se sentit renaître ; de longs frissons coururent en elle ;
elle s'éprit de lui, et la courtisane, jusque-
là si sceptique et si froide, ne put vivre sans
Myron. Deux jours après, en passant devant le forum Nundinarium, Myron fit la
rencontre d'une jeune femme qui, d'un ton
bas, lui dit ces quelques mots :

« Je suis Marcella, l'esclave commise aux
plaisirs de la belle Archenassa. Ma maîtresse vous aime et vous attend. Suivez-
moi. »

Myron devint donc l'amant d'Archenassa.
La courtisane, qui depuis si longtemps
imprimait à Pompéi le joug de ses caprices,
de ses fantaisies ; elle qui conduisait la

mode, elle qui faisait le sujet de toutes les conversations, consentit à rester, ainsi qu'une vestale cloîtrée, enfermée dans cet amour qui l'avait dépouillée de toutes ses souillures. Elle ne s'occupait plus de rien, et passait des journées entières retirée dans son thalamus, vivant avec Myron une vie élyséenne, semée de douceurs et de plaisirs.

Archenassa venait de se lever. Elle était à demi renversée sur une chaise d'ivoire dans la petite salle où d'ordinaire elle faisait sa toilette. Le soleil, plus matinal que la belle fille, dorait de ses rayons les colonnes à chapiteaux doriques de l'Acropole; un vent tiède agitait la tenture transparente pendue devant la fenêtre, et de temps en temps permettait d'apercevoir les cimes des lauriers-roses qui se balançaient dans la cour du palais. La courtisane était en déshabillé du matin; ses cheveux dénoués ruisselaient sur ses belles épaules.

Deux esclaves moresques passaient des pei-
gnes d'ébène dans leur masse odorante.
Agenouillé devant elle, un enfant blond et
joufflu tenait un miroir de métal fondu,
orné de plumes d'autruche, dans lequel Archenassa se plaisait à admirer le contour de
son gracieux visage.

A ses côtés, une ravissante jeune fille agitait avec lenteur un éventail phénicien qui
mêlait des couches d'air frais à l'atmosphère
embaumée dans laquelle elle respirait.

« Vois si Myron n'est pas encore entré
dans la voie Appia, » dit Archenassa à l'esclave commise à ses plaisirs, en débarras-
sant ses doigts effilés des bagues qui les
chargeaient.

Marcella sortit pour exécuter cet ordre.

Elle revint aussitôt, annonçant que la
voie Appia était déserte.

Un cri de douleur retentit. Archenassa,
folle d'impatience, venait de prendre une

des épingles qui retenaient ses cheveux et l'avait enfoncée jusqu'au bout dans le crâne d'une esclave.

Puis, ses vêtements en désordre, son beau corps presque nu, les yeux étincelants, les lèvres pâles, la superbe hétaïre entra dans son appartement.

« Qu'on me laisse seule! » exclama-t-elle d'une voix frémissante, en faisant glisser les anneaux d'airain de la portière qui fermait sa chambre.

C'était une salle extrêmement ornée. Sur le plafond étaient peints, avec une rare pureté de dessin, Mars, Vénus et l'Amour. Une frise composée de colombes se becquetant dans les feuillages se développait au-dessus d'un revêtement de marbre. La mosaïque du parquet représentait des reliefs de festin.

Au fond de la chambre, sur un bicli-nium à deux places, Archenassa était ac-

14.

coudée. Deux couleuvres en or massif, qui se mordaient la queue, formaient ses pendeloques et projetaient leur ombre sur ses joues pâlies. Elle portait un péplum à la grecque; ses chaussures, d'adorables chaussures brodées de perles, gisaient près du lit; une légère couverture de byssus la recouvrait en partie. Parfois, un long soupir s'échappait de ses lèvres, et sa jolie petite main, plus blanche que la neige, prise d'impatience, se crispait dans les torsades bleuissantes de ses cheveux parfumés.

Pour quelle raison Archenassa venait-elle ainsi se retirer, seule et triste, dans cet asile de l'amour?

« Je n'aimerai jamais, disait-elle un jour, ou, si j'aime, j'aimerai avec une violence passionnée. » En effet, depuis qu'elle avait rencontré Myron, une passion ardente, implacable, s'était emparée de son être. Le lendemain, comme l'oiseau qui

tombe, foudroyé par les regards d'un serpent, les yeux humides, frémissante, las-
cive, elle se donnait à lui. La courtisane qui
autrefois riait des violentes affections des
autres, et s'amusait de l'armée d'adorateurs
qu'elle trainait à sa suite, s'était à son tour
trouvée prise au jeu quelquefois terrible de
l'amour. Elle n'avait jamais senti battre
son cœur ; aussi, toute son âme se concen-
tra-t-elle sur cette unique passion. Elle
fit son idole de Myron, vivant pour lui,
mendiant un baiser de ses lèvres, un regard de ses yeux. Ses ardents désirs inas-
souvis, elle avait soif de son amant. Elle
ne l'avait plus vu depuis la veille : aussi
la jalousie lui déchirait-elle le cœur. « Qui
sait, disait-elle, étendue sur son biclinium,
ce qu'il fait tandis que je l'attends ici ? Se-
rait-il déjà las de moi ? Ne suis-je plus
assez belle pour lui ? Me trouve-t-il trop
vieille à vingt ans ? Ou bien quelque autre

Pompéienne possède-t-elle son amour?
Celle-là, quel que soit le rang qu'elle occupe, qu'elle se méfie de moi... On n'ar-
rache pas impunément le lion à sa compagne. »

Et le sang lui montait à la tête; près de
ses tempes, de grosses veines se gonflaient
en bleu.

III

Tout à coup, les anneaux d'airain de la
portière glissèrent sur leur tringle et un
jeune homme entra : c'était Myron. Ses
cheveux noirs et bouclés tombaient en
grappes soyeuses sur ses épaules lustrées;
une robe de lin enveloppait sa taille de
ses plis souples; des bandelettes blanches,
tramées de fil d'or, montaient, en se croi-
sant, autour de ses jambes rondes; ses

pieds, mignons comme ceux des dieux,
semblaient n'avoir jamais foulé que le sol
de l'Olympe.

« Ah! c'est enfin toi, ami! s'écria Archenassa en apercevant son amant. Je ne sa-
vais plus que devenir. »

Et toutes les mauvaises pensées qui
se heurtaient sous son front disparurent,
comme ces nuages noirs, troupeau en dé-
route, qu'après l'orage, le vent, pareil à un
berger d'Arcadie, pousse devant lui dans
l'azur du ciel.

Archenassa se souleva à demi. Rayon-
nante de bonheur, avec un geste voluptueux, elle fit signe à Myron de s'étendre
à côté d'elle, sur le biclinium où quelques
instants avant la jalousie la tordait.

Une esclave africaine, habituée à ces
scènes, entra silencieusement et déposa sur
une petite table à pieds de griffon, dressée
près du lit, différents mets servis dans des

plats d'or. On y voyait des langues de phé-
nicoptères et des fruits de toutes les sai-
sons; des fleurs fraîchement cueillies jon-
chaient le sol, et les amphores de vin plon-
geaient dans des urnes pleines de neige.

Myron prit au hasard quelques bouchées
sur les plats disposés à portée de sa main.
De temps à autre, Archenassa trempait ses
lèvres dans un verre myrrhin rempli de
vin de Falerne.

«Oh! lorsque je t'ai vu pour la première
fois, soupira Archenassa en tournant un
long regard humide vers son amant, et que
tes yeux ont rencontré les miens, tu as ouvert un horizon inconnu à mon âme, et
j'ai senti que tu serais mon premier et mon
dernier amour.

— Ma bien-aimée, s'écria Myron dans
un élan passionné, c'est toi que j'attendais,
c'est toi que je voyais en rêve. Maintenant
je puis mourir, car j'ai respiré cette fleur

inconnue qu'on appelle la félicité humaine
et j'ai vécu. Jamais mon espérance ne m'a-
vait fait entrevoir une parcelle des joies
que tu répands en moi comme une déesse
bienfaisante. Je t'aime, Archenassa, au delà
de la vie, au delà du tombeau.

— Puissent les dieux t'entendre! répondit Archenassa en inclinant sa tête sur l'é-
paule de son amant. Oh! presse-moi sur
ta jeune poitrine, enveloppe-moi de ta tendresse. J'ai besoin de ton amour; il m'a
fait une existence nouvelle, et il me semble
que, si j'étais morte, tes baisers me rendraient la vie! »

Et contre son cœur Myron sentait s'é-
lever et s'abaisser les seins fermes et blancs
de la courtisane.

« Tu ne sais pas, poursuivit Archenassa,
combien je suis heureuse de te sentir là,
près de moi! Tout le bonheur que j'ai eu
avant de te connaître n'est rien, comparé à

ce que j'éprouve aujourd'hui. Parfois je
voudrais te garder près de moi , t'empêcher de sortir, faire de toi mon bien, ma
chose : car j'ai toujours peur, ami, qu'une
rivale vienne te ravir à mon amour... Je
t'ai donné mon corps, mon âme, tout enfin ;
c'est pourquoi je te veux pour moi, pour
moi seule. La nuit passée, continua-t-elle
en jouant avec les cheveux de son amant,
j'ai fait un singulier rêve, un rêve qui, s'il
pouvait se réaliser, mettrait le comble à
mon bonheur. Tu étais là, m'entourant de
tes bras nerveux, comme tu le fais maintenant. Par un brusque mouvement, je por-
tai à ma bouche la bague que tu vois à
mon doigt et dans le chaton de laquelle
sont deux gouttes d'un poison violent qui
tue sans faire souffrir. Quand tu vins m'embrasser, tu bus le poison sur mes lèvres, et
la mort nous emporta dans les bras l'un de
l'autre. Si je te disais que j'ai envie de

mourir ainsi, ne trouverais-tu pas, mon
bien-aimé, que je suis folle?

— Non, Archenassa, tu n'es point folle,
soupira Myron en appuyant sa tête sur la
gorge de sa maîtresse; tu vas même au-devant de mes désirs.

— Quoi! voudrais-tu aussi mourir? ex-
clama la courtisane, tandis qu'un éclair de
joie illuminait ses yeux.

— Oui, poursuivit Myron, je voudrais
m'endormir en te pressant contre moi. A quoi
me servira désormais de vivre? Que puis-je
espérer de plus, maintenant que je te possède? Le bonheur et la joie nous couvrent
de leurs ailes; le ciel est clair, les oiseaux
chantent; couronnons-nous de roses et
mourons tandis qu'ils sont avec nous.
Peut-être, demain, le malheur s'appesan-
tira-t-il sur nos têtes. »

Et Archenassa, d'une voix haletante:

« Eh bien! alors, viens, je vais te tuer à

force de caresses, à force de plaisirs. Épuisons en quelques heures toutes les jouissances humaines. Mon rêve deviendra une réalité, et ce jour sera le plus beau de ma vie. »

Ses yeux flamboyaient, comme une bête fauve prise d'amour, fougueuse, elle enlaça son amant et attira son corps vers elle. On n'entendit plus que leurs soupirs et leurs ardents baisers ; puis, pendant que Myron posait sur la tête de sa maîtresse la couronne de roses qu'elle lui avait envoyée comme un gage d'amour, Archenassa porta la bague à sa bouche, qu'elle colla ensuite sur lèvres de Myron. Les deux amants se tordirent un instant dans une étreinte brutale, et dans la chambre de la courtisane tout redevint silencieux...

IV

Le soir, lorsque Marcella vint remplir la lampe d'huile odoriférante, elle fut surpris du calme qui régnait dans l'appartement. La courtisane et Myron se tenaient étroitement enlacés. Les roses de la couronne d'Archenassa, effeuillées, étaient tombées en pluie odorante sur ses seins nus. Marcella appela sa maîtresse, d'abord doucement, puis plus fort, croyant qu'elle dormait. Elle toucha le corps d'Archenassa, devenu froid comme du marbre. L'hétaïre et Myron étaient morts, et, chose étrange, au moment de l'ensevelissement, tant l'étreinte avait été violente, il fut impossible d'arracher Archenassa des bras de son amant.

C'est ainsi qu'on racontait l'histoire

d'Archenassa et de Myron dans les petits
dîners de Pompéi, peu de temps avant que
cette ville fût engloutie sous la lave du
Vésuve.

FIN

TABLE

TABLE

A PARIS

DES PRESSES DE D. JOUAUST

Imprimeur breveté

RUE SAINT-HONORÉ, 338

NOUVELLE BIBLIOTHÈQUE CLASSIQUE

Nous avons voulu, par la publication de la *Nouvelle Bibliothèque classique*, rendre nos éditions de luxe accessibles à un plus grand nombre d'amateurs. Pour les mêmes prix que ceux de la librairie courante, nous donnons des volumes exécutés dans les meilleures conditions de luxe typographique. Seulement, pour obtenir ce résultat nous adoptons une composition moins compacte, et, afin de ne pas multiplier outre mesure le nombre de nos volumes, nous faisons dans les auteurs classiques un choix se composant de ce qu'on lit ordinairement et de ce qui mérite véritablement d'être lu. — C'est donc aux *lecteurs* que s'adresse notre nouvelle collection, dont le programme peut se résumer dans ces quelques mots : *donner des œuvres à lire, dans des volumes lisibles.*

Les écrivains français, du XVᵉ au XVIIIᵉ siècle inclusivement, se trouveront représentés dans la nouvelle collection par tout ce qui doit composer, à notre époque, la bibliothèque d'un lettré. Mais nous ne nous sommes pas cru dans l'obligation de débuter par ce qu'on appelle spécialement les *grands auteurs*. Il nous a semblé plus intéressant de donner d'abord et les auteurs qui ont été réimprimés le moins souvent, et ceux dont les dernières éditions sont presque épuisées. Mais les acheteurs de la *Nouvelle Bibliothèque classique* peuvent tenir pour certain que Rabelais, Montaigne, Corneille, Molière, La Fontaine, La Bruyère, et autres écrivains du même rang, ne tarderont pas à y prendre place

Nous nous en sommes tenus, pour le choix des textes, aux errements de nos collections précédentes : l'édition que nous réimprimons est la dernière publiée du vivant de l'auteur, quand il n'existe pas des raisons majeures de donner la préférence à une autre.

Outre le tirage ordinaire à 3 fr le volume, nous avons fait un tirage numéroté, de 500 exemplaires sur papier de Hollande (à 5 fr.), et de 40 sur pap. de Chine et 30 sur pap. Whatman (à 10 fr.).

Aux amateurs du GRAND PAPIER nous offrons un *tirage spécial*, format in-8º, de 170 exemplaires sur pap. de Hollande (à 20 fr.), 15 sur pap. de Chine et 15 sur pap. Whatman (à 35 fr.) avec couvertures repliées. Ce tirage est orné des PORTRAITS des auteurs publiés, *que contiennent seuls les exemplaires en grand papier.*

En vente : Regnier, 1 vol. — Montesquieu, *Grandeur et Décadence des Romains*, 1 vol. — Boileau, 2 vol. — Hamilton, *Mémoires de Grammont*, 1 vol.

Sous presse : Malherbe, *Poésies*, 1 vol. — *Satyre Ménippée*, 1 vol. — Regnard, *Théâtre*, 2 vol. — Etc.

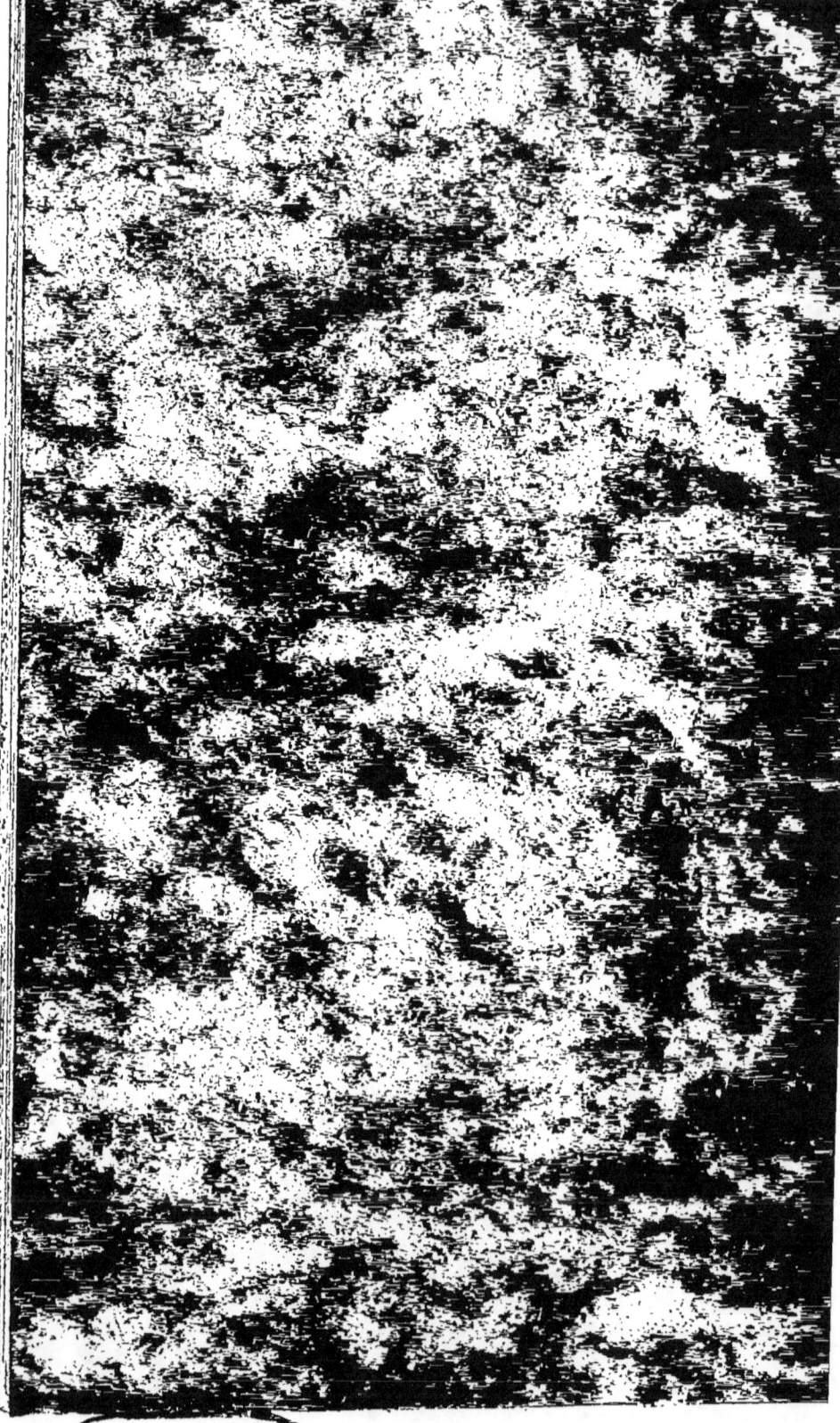

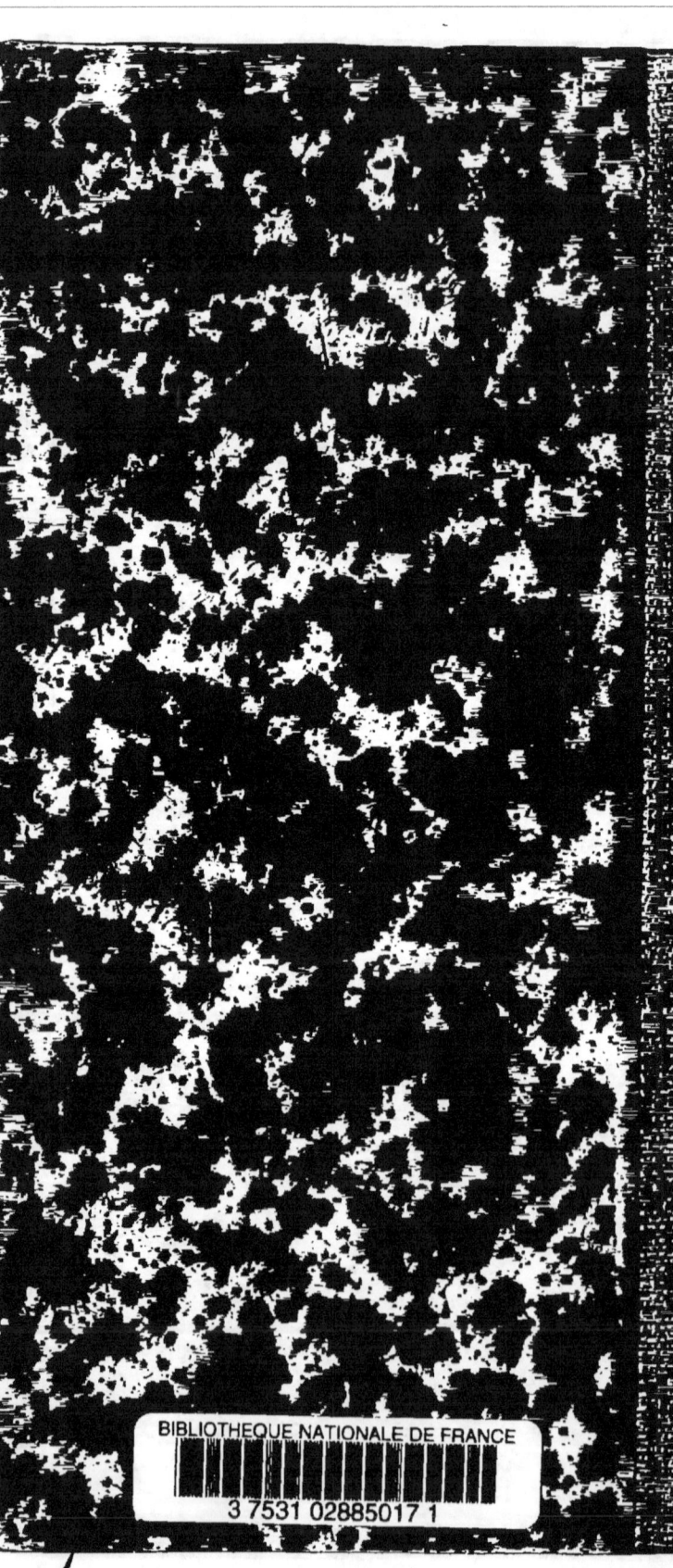

www.ingramcontent.com/pod-product-compliance
Lightning Source LLC
Chambersburg PA
CBHW051824020726
47502CB00005B/1614